소드마스터 힐러님

침략자 퓨전 판타지 장편소설

WISHBOOKS FUSION FANTASY STORY

소드마스터 힐러님 5

심탁사 퓨전 판타지 장편소설

초판 1쇄 찍은 날 | 2019년 5월 14일
초판 1쇄 펴낸 날 | 2019년 5월 21일

지은이 | 침략자
펴낸이 | 예경원

기획 | 위시북스
편집책임 | 이규재
편집 | 위시북스

펴낸곳 | 예원북스
등록번호 | 제396-2012-000132호
등록일자 | 2012. 7. 25
KFN | 제1-409호

주소 | 경기도 고양시 일산동구 호수로 646-24 위너스21 II빌딩 206A호 (우)10401
전화 | 031-819-9431 팩스 | 031-817-9432
E-mail | yewonbooks@naver.com

ISBN 979-11-6424-292-4 04810
       979-11-6424-130-9(set)

소드마스터 힐러님

침략자 퓨전 판타지 장편소설

WISHBOOKS FUSION FANTASY STORY

Wish Books

5

CONTENTS

1장
미국의 제안(2)

　새벽에 가까운 시간에 현성은 상관인 조사과장 병서의 긴급 호출을 받고 헌터 관리국 본부 건물로 향했다. 이른 시간이었기 때문에 도로에는 차량이 거의 없었다.

　"이 시간에 호출이라니……."

　현성은 승강기에 타며 불평했지만 소용없는 일이었다. 관리국의 업무 특성상 급한 일이 있으면 언제나 호출에 응해야 하는 24시간 대기 상태였다. 오늘과 같은 새벽 호출도 몇 번 있었지만 쉽게 익숙해지지 않았다.

　"피곤하다. 피곤해."

　불평과 함께 고개를 들었을 때 승강기는 이미 조사과장 사무실이 있는 층에 도착한 뒤였다. 그는 짧은 한숨과 함께 사무실을 향해 발걸음을 재촉했다.

똑똑.

노크를 하고 조심스럽게 사무실 안으로 들어갔다. 헌터 관리국 조사과장 병서가 창가에서 누군가와 통화를 하고 있었다.

"알겠습니다. 그렇게 조치하도록 하겠습니다."

기척을 느낀 것인지 그는 황급히 통화를 끝내고 현성을 향해 시선을 옮겼다.

"왔나?"

"급한 일이라고 하셔서 바로 왔습니다."

"일단 앉지."

병서는 현성에게 앉을 것을 권했다. 현성은 고개를 끄덕인 뒤, 소파에 앉았고 병서도 그의 앞에 앉았다.

"도대체 무슨 일입니까?"

현성이 조심스럽게 물었다.

병서는 굳은 얼굴로 입을 열었다.

"미국 중앙헌터국의 요원이 몇 명 입국한 것 같다."

"중앙헌터국에서요? 그렇다면 델타 쪽 요원입니까?"

"국정원에서도 정확하게 파악하지 못했지만 이렇게 은밀하게 해외까지 움직이는 녀석들은 감마나 델타밖에 없지. 어디까지나 추측에 불과하지만 말이야."

병서가 말했다.

중앙헌터국의 감마 본부나 델타 본부의 요원들은 워낙 은밀하게 움직이기 때문에 국정원에서도 그들의 동선을 쉽게 파악하지 못했다. 어쩌다 보니 입국 사실을 알아내기는 했지만 정확한 소속과 목적은 미확인 상태였다.

"설마 동맹국의 헌터를 암살하러 오는 건 아니겠지요?"

현성의 말에 병서는 고개를 끄덕이며 입을 열었다.

"그건 아닐 거야. 아마 박경석 헌터 때처럼 우리 측 S급 헌터 한 명을 망명시키려고 왔을 확률이 높아."

"그렇다면 목표는 강성준 씨일 확률이 높겠네요."

"그래. 이번에 겨울 군주를 단독으로 처치하면서 전 세계적으로 유명해졌으니까."

"강성준 씨가 겨울 군주를 조기에 처치하지 않았다면 피해가 컸을 겁니다. 지금 북한에서도 겨울 군주와 비슷한 레이드 상황이 발생했는데 해결하지 못해서 난리라고 합니다."

겨울 군주는 한국에서만 발생한 레이드 상황이 아니었다. 아이러니하게도 북한에서도 같은 날에 레이드 상황이 발생했던 것이다. 같은 날 발생했지만, 대한민국의 겨울 군주는 성준이 일찍 처치한 덕분에 피해가 거의 없었던 것에 비해 북한은 초기에 처치하지 못한 탓에 함경북도에서 함경남도까지 겨울 군주가 남하한 상황이었다.

"비슷한 규모라서 비교가 되었던 모양입니다."

"북한에서는 S급 헌터를 2명만 투입했다고 하지? 보유하고 있는 6명 전원을 투입해도 아슬아슬했을 텐데 말이야."

병서는 고개를 저었다.

그 모습을 본 현성은 희미한 미소와 함께 입을 열었다.

"북한의 S급 헌터 6명 중 4명은 반드시 평양을 지키고 있다는 걸 아시잖습니까? 그 어리석은 겁쟁이 독재자가 지금 이 지경을 만들었죠."

국제 조약에서 헌터를 정규군에 소속시킬 수 없다는 조항이 있었지만, 북한은 그걸 대놓고 어기고 있었다. 북한의 헌터들은 모두 군부 소속으로 독재자의 명령을 따르고 있었다. 그래서 세계가 북한을 두려워했다. 정규전에 헌터를 대놓고 동원한다는 것 자체가 상식 밖의 일이었지만 북한에서는 그게 가능했다.

"델타 본부가 움직였으면 강성준 씨를 노리는 게 거의 확실하겠네요. 미국에 공문 보내서 항의하면 안 됩니까?"

"그게 확실하지 않아서 말이야. 겨울 군주 때문에 감마 본부에서 조사팀을 보냈을 수도 있어."

"비공식적인 루트로 조사팀을 보낸다는 말입니까?"

"말도 안 되는 소리 같지만 그런 경우도 가끔 있으니까 우리 쪽에서 설레발을 치면 안 된다고 생각한다."

병서의 말에 현성도 고개를 끄덕였다.

"당분간 강성준과 자주 접촉하는 게 좋을 것 같아. 김 팀장, 잘할 수 있지?"

"최선을 다하겠습니다."

현성은 자신감 넘치는 목소리로 대답했다. 그 모습을 보며 병서는 만족스러운 표정으로 입을 열었다.

"우리 측에서도 지원을 아끼지 않을 테니까, 강성준을 미국에 뺏기면 안 돼."

'겨울 군주 레이드에 참가하길 잘했어.'

관리국에서 제공한 차량을 타고 서울로 이동하며 성준은 생각했다.

겨울 군주 레이드에 참가하면서 얻은 게 많았다. 공략팀과 협동하여 수준 높은 마물들을 다수 사냥한 덕분에 동조율이 2%나 올랐으며 레이팅이 올라서 S급 헌터 랭킹이 13위가 되었다.

'그리고 유명세도 얻었지.'

혼자서 겨울 군주를 처치한 덕분에 명성도 얻었다. 그리고 무엇보다 3,000억 원이 넘는 거금을 손에 넣게 되었다.

누군가 돈은 많을수록 좋다고 말했다. 그리고 성준도 그 말에 전적으로 동의했다.

"헌터님? 도착했습니다."

차가 멈추고 운전대를 잡은 직원이 백미러로 성준을 슬쩍 보며 말했다. 차에서 내린 성준은 오피스텔로 발걸음을 옮겼다. 1층에 로비에 들어선 그는 승강기가 있는 곳으로 향했다.

그러던 중 로비 구석에서 시계를 연신 확인하고 있는 외국인 여성이 눈에 들어왔는데 너무 아름다워서 좀처럼 눈을 떼지 못했다. 금색 단발머리에 안경을 낀 지적인 느낌의 외국인 여성이었다.

'미국? 아니면 영국인가……?'

안경 너머로 보이는 푸른 눈동자는 바다를 머금은 것처럼 선명했다. 잠시 멍하니 그녀를 바라보다가 정신을 차리고 승강기를 향해 다시 발걸음을 옮기려는 순간이었다.

시계를 내려다보고 있던 벽안의 여성은 고개를 들고 성준이 있는 방향을 보며 미소를 머금었다.

"헌터, 그것도 A급이네."

그제야 성준은 그녀의 몸에서 느껴지는 선명한 마력을 감지하고는 미소를 머금었다. 그리고 옆에 서 있는 리슈발트를 힐끔거리며 아주 작은 목소리로 말을 걸었다.

-A급 헌터가 확실합니다. 타국의 공작 요원일 가능성도 생각해 볼 수 있습니다.

"내가 잘생겨서 관심을 보내는 걸 수도 있지 않을까?"

-고려해 볼 수 있지만, 주군의 추측이 맞을 확률은 높지 않은 걸로 보입니다.

"나 상처받았어."

가벼운 농담 섞인 대화를 주고받는 동안 벽안의 여성은 성준을 향해 천천히 거리를 좁혀 왔다.

"안녕하세요, 저는 제니퍼라고 합니다. 강성준 씨죠?"

델타 본부 공작과 2팀의 특수요원 제니퍼, 그녀의 입 밖으로 나온 언어는 벽안과는 어울리지 않는 유창한 한국어였지만 성준은 놀라지 않았다.

자신에게 접촉하기 위해 타국에서 보낸 공작 요원이라면 한국어를 기본적으로 익혔을 것이라고 예상한 것이었다.

"어디서 보냈습니까?"

성준이 단도직입적으로 묻자 제니퍼는 조금 당황하는 듯했지만 이내 차분한 표정으로 입을 열었다.

"중앙헌터국 델타 본부에서 나왔습니다."

제니퍼는 자신의 소속을 밝혔다. 의도가 어느 정도 파악되었다고 생각했기 때문에 솔직하게 나가는 게 도움이 되리라 판단했다.

"중앙헌터국이면 미국입니까?"

"그렇습니다."

성준의 물음에 그녀는 고개를 끄덕이며 대답했다.

"이야기가 길어질 것 같네요."

성준은 제니퍼의 의도를 어느 정도 추측할 수 있었다. 지금 성준은 혼자서 겨울 군주를 처치하는 활약을 한 덕분에 몸값이 많이 오른 상태였다. 그런 상황에서 미국 중앙헌터국에서 사람이 찾아왔다? 너무 뻔했다.

"같이 올라가시겠습니까?"

성준이 제안했다. 필시 망명 제안이 분명했다. 그들의 제안에는 흥미가 있었고 조건도 궁금했지만, 구설에 오르는 건 싫었기 때문에 조용한 곳에서 대화를 나누고 싶었다.

"그래도 되나요?"

"카페에서 나눌 대화는 아닌 것 같아서요."

"그럼 실례하겠습니다."

성준은 제니퍼와 함께 집 안으로 들어갔다. 그는 따뜻한 커피 2잔을 탁자 위에 올려놓았다.

"미리 말씀드리는 거지만 저는 서론이 긴 거 별로 안 좋아합니다. 본론부터 말씀해 주셨으면 좋겠네요."

성준의 말에 제니퍼는 미소를 지으며 입을 열었다.

"미국은 강성준 씨에게 우대 망명을 제안하는 바입니다."

"조건은요?"

성준이 물었다. 헌터들의 우대 망명이라면 보통 영구적인 추가 정산을 제안하는 경우가 많았다. S급 전투계 헌터로 미국으로 우대 망명한 박경석이 받은 혜택도 여러 가지가 있지만, 대표적인 게 영구적인 추가 정산 5%였다.

'10% 정도이려나……'

성준은 결코 자신의 가치를 경석보다 낮게 보지 않았다. 그래서 추가 정산 10%를 예상했지만.

"여러 가지 혜택을 준비해두었습니다만 역시 가장 궁금하신 건 영구적인 추가 정산이겠죠? 이 부분에서 본국에서는 20%의 영구적인 추가 정산을 제안하는 바입니다."

제니퍼의 대답에 성준은 두 눈을 가늘게 뜨고 생각을 정리했다.

20%. 영구적인 추가 정산임을 생각할 때 결코 적은 수치가 아니었다. 이 수치만 봐도 미국에서 성준을 얼마나 높게 평가하고 있는지 알 수 있었다.

"강성준 씨도 들은 게 있으실 테니 잘 아시겠지만, 박경석 헌터의 영구적인 추가 정산이 5%라는 것을 감안하면 이례적인 혜택입니다. 이걸 보시면 아시겠지만 다른 조건들도 뒤떨어지지 않습니다."

제니퍼는 품속에서 작은 서류 봉투 하나를 꺼냈다. 그리고 거기서 서류 한 장을 빼내어 탁자 위에 올리고 성준 쪽으로 슬며시 밀었다.

"읽어 보겠습니다."

성준은 서류를 집어 들고 빠르게 읽었다. 제니퍼의 말대로 혜택이 좋았다. 헌터를 우대해 주는 미국다운 제안들이었다.

"굳이 지금 결정할 필요는 없습니다. 저는 당분간 한국에 있을 생각이니까 천천히 결정해 주세요."

성준이 고민하는 기색을 보이자 제니퍼는 은은한 미소를 머금은 채 말했다.

"조건이 상당히 좋네요. 저를 특별 취급하는 이유라도 있습니까?"

"강성준 씨에게서 가능성을 보았기 때문입니다."

제니퍼의 대답에 성준의 입가에 미소가 번졌다. 칭찬은 사람의 기분을 좋게 만드는 법이었다. 그리고 제니퍼는 그것을 적당히 활용할 줄 아는 것 같았다.

"한 가지 주제넘게 충고를 드리자면 헌터에게 있어서 애국심은 사치라는 겁니다."

제니퍼가 말했다.

실제로 대한민국 S급 헌터 나준열처럼 애국심을 가지고 있는 헌터들은 많지 않았다. 대부분 돈을 좇고, 더 좋은 조건이 있으면 국적을 갈아 치우는 것도 흔한 일이었다.

"제 가족도 귀화 대상자가 되는 거지요?"

헌터들은 망명이라는 단어를 쓰지만 그렇지 않은 이들은 '귀화'라는 단어를 사용한다. 이유는 알 수 없지만 그렇게 정해져 있었다.

"물론입니다. 조건을 보면 아시겠지만 바로 시민권이 부여됨과 동시에 면세 혜택이 적용됩니다."

"나쁘지 않네요."

성준의 눈동자에 갈등이 반짝였고 제니퍼는 그것을 놓치지 않았다.

"아버님께서 편찮으시다고 들었습니다. 미국에는 최고의 의사들이 많습니다. 넘어오시는 대로 최고의 의료 혜택을 약속드릴 수 있습니다."

제니퍼의 말이 끝나기 무섭게 성준은 서류를 내려놓았다. 그리고 제니퍼를 보며 입을 열었다.

"긍정적으로 검토하겠습니다. 그래도 바로 결정을 내리는 건 부담이 되네요."

"그럼, 긍정적인 답변 기대 하겠습니다."

제니퍼가 성준의 집에서 떠났다.

성준은 곧바로 어딘가로 전화를 걸었다.

-김현성입니다.

"저 강성준입니다."

이제 저울질을 할 차례였다.

"설마 미국이 벌써 움직였을 줄이야!"

성준과의 통화가 끝난 뒤, 현성은 급히 외투를 입고 헌터 관리국 건물을 나왔다. 그리고 차를 타고 성준의 오피스텔로 향했다.

노로에는 차가 많고 현성의 마음은 급해졌다. 그는 정체로 인해 차가 정지한 틈을 타서 조사과장 병서에게 전화를 걸었다. 급하게 나오느라 보고도 못 했었다.

-김 팀장! 일이 쌓여 있는데 도대체 언제 튀어나간 거야?

아니나 다를까 보고도 없이 움직인 탓에 불호령이 떨어졌다. 하지만 합당한 이유가 있었기 때문에 현성은 당황하지 않고 설명하기로 마음먹었다.

"강성준 씨한테 연락을 받고 그쪽으로 가는 길입니다."

-강성준한테? 도대체 무슨 일이야? 설명이라도 해!

"자세히 설명할 시간이 없습니다. 확실한 건 미국이 생각보다 빨리 움직였다는 겁니다."

-뭐?

스마트폰 너머로 들리는 병서의 목소리가 경직되어 있었다. 짧은 설명이었지만 상황이 얼마나 심각한지 이해한 것이었다.

"비상사태입니다. 강성준 씨를 잡기 위해선 저한테 전권이 필요합니다. 관련 기관에 요청해 주세요."

그는 성준과 관련된 일에 전권을 위임받았었지만, 그것은 관리국의 전권을 이야기한 것이었다. 면세 혜택과 같은 국가 혜택과 관련된 권한은 없었다.

-하지만 아직 미국이 제시한 조건도 모르잖아. 신중할 필요가 있지 않겠어?

"미국이라면 강성준 씨의 가치를 파악했을 겁니다. 이미 상당한 조건을 제시했을 걸로 예상됩니다. 신중하게 움직이다가는 당합니다. 과감하게 움직일 필요가 있습니다."

현성은 단호하게 말했다. 그는 스마트폰 너머로 고뇌하는 듯한 신음이 흘러나오는 것을 들을 수 있었다.

-윗분들은 내가 설득해 볼 테니까 일단은 시간을 끌어.

박경석의 망명 때도 그렇고 그동안 융통성 없었던 상부의 태도를 볼 때 병서가 노력해 본다고 해도 특혜와 관련된 권한이 허가될 확률은 낮았지만, 희망을 걸어볼 수밖에 없다.

"최선을 다하겠습니다."

-명심해. 강성준을 절대로 뺏겨서는 안 돼!

통화가 종료되기 무섭게 정체 구간이 끝났다. 현성은 성준의 오피스텔을 향해 차를 몰았다. 오피스텔 건물에 도착한 현성은 성준에게 전화를 걸었다.

-올라오세요.

성준의 목소리가 들렸다. 현성은 승강기를 타고 그의 집까지 올라갔다. 성준은 문을 열어두고 있었다.

"실례합니다."

현성은 성준의 집 안으로 조심스럽게 들어갔다.

"빨리 오셨네요."

성준은 의자에 앉아서 커피를 마시고 있었다.

"앉으세요."

성준의 말에 현성은 말없이 그의 앞에 앉았다. 성준은 품속에서 서류 한 장을 꺼내 그에게 내밀었다. 제니퍼에게서 받은, 미국의 제안서였다.

"미국에서 저한테 제안한 조건입니다."

현성은 마른침을 삼키며 서류를 읽어 내려갔다.

'이 정도일 줄이야······.'

미국이 제안한 조건은 파격적이었고 현성이 예상하지 못한 것들도 몇 개 있었다.

'미국은 강성준 씨를 이렇게 높게 평가하고 있었던 건가······?'

헌터 우대 정책이라고 보기엔 너무 파격적이었다. 종이에 나열된 혜택들만 봐도 미국에서 성준을 어떻게 평가하고 있는지 알 수 있었다.

"대한민국은 제게 뭘 해줄 수 있습니까?"

성준은 단도직입적으로 물었다. 현성의 눈동자가 흔들렸다. 전권을 받지 않은 지금으로선 그가 확답할 수 있는 건 아무것도 없었다.

그가 암울한 표정으로 입을 열려는 순간이었다. 스마트폰 알림음이 메시지가 도착했음을 알려 왔다.

"잠시만 실례하겠습니다."

성준이 고개를 끄덕이자 현성은 스마트폰 화면을 확인했다. 병서에게서 온 메시지였다.

[승인 떨어졌다!]

짧지만 많은 의미가 담겨 있었다. 병서의 메시지를 확인한 현성의 표정이 밝아졌다. 그는 재빨리 스마트폰을 집어넣고 성준을 보며 입을 열었다.

"요구 조건을 말씀해 주시겠습니까?"

협상이 시작되었다. 성준은 긍정적인 태도를 보였지만 대한 민국 측에 안타까운 점이 하나 있다면 김현성 팀장은 조사관이지 협상가가 아니라는 사실이었다. 치열한 밀고 당기기가 펼쳐 졌지만 결국에는 인생 경험이 풍부한 성준의 승리로 끝났다.

"영구적인 추가 정산 30% 확실한 거겠죠?"

"물론입니다. 생각보다 협상을 아주 잘하시네요."

"칭찬으로 듣겠습니다."

성준은 미소를 지었다. 그는 현성에게서 미국이 약속했던 혜택 대부분을 받아냈을 뿐만 아니라 영구적인 추가 정산도 30%로 끌어 올렸다.

미국의 움직임 탓에 대한민국 정부에서는 급한 마음에 20대에 불과한 성준의 사회 경험을 얕보고 협상가가 아닌 현성에게 전권을 맡긴 게 실수였다.

"그럼 임시 계약서를 작성할까요?"

전생과 현생을 살아오면서 뼈저리게 느낀 게 하나 있다면 사람의 말을 믿어서는 안 된다는 것이었다. 중요한 문제를 다룰 때는 계약이 필수다.

"그렇지 않아도 계약서를 가져왔습니다. 필요한 절차는 끝냈고 비율이나 수치 같은 변동이 있는 내용만 추가로 기입하면 됩니다."

현성은 서류가방에서 임시 계약서가 들어 있는 봉투를 꺼내며 말했다.

성준은 현성이 건넨 계약서를 꼼꼼하게 살폈다. 계약서를 자세히 읽지 않았다가 사기나 불공정 계약을 하게 된 사례를 헌터닷컴에서 여러 번 보았기 때문에 신중할 수밖에 없었다.

"미국보다 조건도 좋고 문제 될 건 없네요."

계약서를 다 읽은 성준은 먼저 서명하고 현성 쪽으로 밀었다. 현성도 펜을 꺼내 서명을 끝냈다. 미국에서 더 좋은 조건을 제시할 확률은 0이었다.

그건 성준이 확신할 수 있었다.

"만족스러운 계약이었습니다."

성준의 입가에 환한 미소가 번졌다. 미국이 움직여 준 덕분에 대한민국으로부터 좋은 조건을 많이 받아낼 수 있어서 기분이 좋았다.

성준은 현성을 보낸 뒤, 제니퍼한테 받은 연락처로 전화를 걸었다.

-네, 제니퍼입니다.

미성의 목소리가 스마트폰에서 흘러나왔다. 억양이 다르긴 했지만, 한국어 실력은 유창했다.

"미국에서 제안한 조건을 거절해야 할 것 같습니다."

-이유를 물어봐도 되겠습니까?

"대한민국 정부에서 훨씬 더 좋은 조건을 제시했거든요."

-실례가 되지 않는다면 조건을 물어봐도 될까요? 저희가 더 좋은 조건을 제시할 수도 있어요.

제니퍼가 질문했다. 스마트폰에서 전달되는 목소리에는 초조함이 담겨 있었다.

"여러 가지 있지만, 추가 정산이 30%입니다."

-30%요? 정말입니까?

스마트폰 너머로 그녀의 놀란 얼굴이 연상되는 것 같아서 성준은 미소를 지었다.

"제가 어차피 밝혀질 거짓말을 할 거라고 보십니까?"

-아니요. 저를 속일 리는 없다고 생각합니다.

제니퍼가 답했다. 그녀가 생각할 때 성준은 금방 밝혀질 거짓말이나 하는 어리석은 인물이 아니었다.

"미국에서 더 좋은 조건을 제시할 수 없을 것 같아서 한국과 계약을 진행했습니다."

-저희 나라에 대해 잘 아시네요.

제니퍼는 부정하지 않았다. 최우선 지령이 발령되었지만, 그녀는 현성과 다르게 전권을 위임받지 않은 상태였다.

"하지만 더 좋은 조건을 제시할 마음이 있으면 연락 주세요. 혹시 몰라서 계약서에 계약을 뒤엎을 수 있는 조항을 하나 넣어두었거든요."

-신중하시네요.

제니퍼는 솔직한 감상을 털어놓았다.

"칭찬으로 듣겠습니다."

-다시 연락드리겠습니다.

"그렇게 하세요."

통화가 끝났다. 아마 그녀는 곧바로 상부와 연락을 취할 것이다.

성준의 예상대로 제니퍼는 델타 본부와 연락하기 위해 숙소로 사용하고 있는 한국의 거점으로 향했다. 거점에 도착한 그녀는 밀실로 들어가 화상 통신 연결을 요청했다.

-제니퍼 요원. 상황 보고인가?

화면에 모습을 드러낸 남자는 델타 본부장인 루이스였다. 그는 과중한 업무에 시달린 것인지 피곤해 보였다.

"예, 본부장님."

-그래, 상황은?

"강성준이 망명 제안을 거절했습니다."

-거절했다고? 그 정도로 조건이 좋았는데?

루이스는 믿을 수 없다는 표정으로 말했다. 제니퍼는 그 이유를 설명하기 위해 차분한 표정으로 입을 열었다.

"대한민국 정부에서 여러 우대 혜택을 제시했지만 가장 확실한 건 30%를 제안했다고 합니다."

제니퍼의 보고에 루이스는 더욱 놀란 표정이 되었다.

-30%라고? 대한민국 정부에서 헌터 한 명한테 추가 정산 30%를 허가한 적은 단 한 번도 없었던 걸로 아는데…….

"그만큼 이례적인 상황인 것 같습니다. 대한민국 정부에서도 강성준의 가치를 높게 평가하고 있는 것 같습니다."

-큰일이군.

루이스의 표정이 어두워졌다.

제니퍼는 의미를 알 수 없다는 표정으로 입을 열었다.

"본부장님?"

-상대는 경쟁국이 아니라 동맹국이라네. 추가 정산 30%를 부른 건 일종의 항의와도 같은 거라네. 이렇게 되면 우리도 쉽게 움직일 수 없다네.

루이스가 말했다.

대한민국 정부에서는 동맹국으로서 항의한 것이다. 더 개입할 경우 동맹국과의 관계가 나빠질 우려도 있었다. SSS급 헌터 확보에 혈안이 되어 있는 중앙헌터국장 페릭스와 달리 델타 본부장 루이스는 조금 더 큰 그림을 보고 있었다.

"쉽게 움직일 수 없다는 말씀은……?"

-최우선 지령의 수행이 힘들다는 이야기라네.

"지령 수행을 포기할 생각이신가요?"

제니퍼의 물음에 루이스는 냉소를 머금었다.

-최우선으로 수행되어야 할 지령이지만 반드시 수행하라는 규칙은 없다네.

"그렇군요."

제니퍼는 고개를 끄덕였다.

화면 속의 루이스는 그녀를 보며 입을 열었다.

-SSS급 헌터가 흔한 건 아니라네. 나는 강성준이 그 경지에

도달하지 못할 가능성도 크다고 본다네. 그렇다면 동맹국과의 관계를 희생하면서까지 그를 확보해야 할 필요가 있을까 싶네.

루이스의 말은 냉정하게 들릴 수도 있지만 정론이었다. 성준이 SSS급에 도달할 가능성은 다른 이들에 비해 월등히 높다고는 SSS급 헌터가 될 가능성 자체가 워낙 낮았다. 그래서 페릭스와 달리 루이스는 큰 기대를 걸지 않은 것이었다.

"하지만 강성준이 SSS급 헌터으로 승격될 수도 있다고 생각합니다."

제니퍼가 말했다. 그녀는 성준을 처음 봤지만 그동안의 자료를 살필 기회가 있었다. 자료의 정보를 조합해 볼 때 성준은 SSS급 헌터가 될 가능성이 있었다.

-그럼 그때 다시 움직이면 된다네. 굳이 지금 위험 부담을 감수할 필요는 없다는 것이지.

"몸값이 많이 올랐을 겁니다."

-잊지 말게나, 우리의 국적을. 본국이 본격적으로 움직인다면 SSS급 헌터 하나 정도는 빼 올 수 있다네. 강제적으로라도 말이지.

"대상이 동맹국의 헌터라도 말입니까?"

제니퍼의 물음에 루이스는 입꼬리를 끌어 올렸다.

"지금은 불확정이니까 위험 요소가 있지만, SSS급 헌터가 된 강성준에게는 그럴 가치가 있다네. 동맹국 하나를 잃더라도 SSS급 헌터 하나를 얻는 게 더 이득이지. 다만, 지금은 그가 SSS급 헌터로 승격되지 못할 확률도 있으니까 신중하게 행동하자는 것이네."

2장
제국이 움직인다

　델타 본부장 루이스는 중앙헌터국장 페릭스에게 더 이상 지령을 수행할 수 없다는 사실과 함께 그 이유를 보고했다.

　"그렇다면 어쩔 수 없군."

　페릭스는 고개를 저었다. 아쉬웠지만 어쩔 수 없었다. 그는 불가능하다고 보고하는 부하에게 무턱대고 지령 수행을 강제하는 융통성 없는 사람이 아니었다.

　"고생했다."

　보고 받은 상황에 의하면 델타 본부는 최선을 다해 최우선으로 지령을 수행했던 것 같았다. 고생한 부하를 다그칠 수는 없었다.

　기운이 없어 보이는 페릭스를 보며 루이스는 차분한 표정으로 입을 열었다.

"당장은 지령 수행이 불가능하다고 판단되지만, 지령 자체를 폐기할 필요는 없을 것 같습니다."

"그 말은……?"

"강성준이 SSS급 헌터가 되는 날, 델타 본부가 다시 움직이겠습니다."

루이스의 대답에 페릭스는 두 눈을 가늘게 떴다.

"그때가 되면 너무 늦는 거 아닌가?"

"전혀 아닙니다. 대한민국 정부에서 저런 조건을 꺼내 들었다는 것은 그를 보호하겠다는 의사를 표시한 겁니다. 그렇기에 외교적 마찰을 감수할 수 없었기 때문에 저희가 물러났던 것이지요."

"그렇겠지."

"그것은 즉 중국과 러시아의 견제에서도 보호하겠다는 의미가 됩니다. 제시한 조건으로 볼 때 그들은 강성준 보호에 전력을 다할 겁니다."

루이스가 설명했다.

미국이 그랬던 것처럼 중국과 러시아도 성준을 포섭하기 위해 움직일 가능성이 컸다. 하지만 대한민국 정부가 그에게 조건을 제시하는 태도로 볼 때 전력을 다해 보호할 게 분명했다.

"하지만 외교적 마찰이 사라지는 것도 아니잖아."

"저는 SSS급 헌터를 얻을 수 있다면 대한민국이라는 동맹국을 포기할 수 있다고 봅니다. 다만, 지금은 불확정 요소 때문에 지령을 수행하기 곤란한 것이겠지요."

"그렇다고 해서 대한민국의 보호가 사라지는 건 아니잖아."

페릭스의 물음에 루이스는 입꼬리를 끌어 올렸다.

"미국이 꿈꾸는 일에 불가능은 없습니다."

아버지의 병문안을 다녀온 성준은 차를 마시며 한가로운 오후를 보내고 있었다. 창밖을 보며 아무 생각 없이 쉬는 것처럼 보였지만 사실은 언제쯤 각성 던전을 공략할지 계획을 짜고 있었다.

"언제가 좋을까?"

혼잣말처럼 보이겠지만 리슈발트에게 묻는 것이었다. 성준의 곁을 지키고 있는 충직한 영혼 부관은 차분한 표정으로 입을 열었다.

-충분한 휴식을 취하셨으니 3일 안에 움직이는 게 좋을 것 같습니다.

"그게 좋겠지?"

리슈발트의 의견에 성준도 고개를 끄덕이며 동의했다. 차를 담은 머그잔이 바닥을 보이기 시작할 때쯤이었다.

벨소리가 울려서 스마트폰을 확인했다. 전화를 걸어온 사람은 현성이었다. 성준은 스마트폰을 귓가로 가져가며 입을 열었다.

"강성준입니다."

-저 김현성입니다. 강성준 씨, 몇 가지 전달할 내용이 있는데 통화 상으로는 조금 그래서 시간 괜찮으십니까?

"예, 괜찮습니다."

성준은 흔쾌히 대답했다. 추가 정산 때문인 것 같았다.

-카페에서 이야기하기도 곤란한 문제라서 혹, 괜찮으시다면 헌터 관리국까지 오실 수 있겠습니까? 차량을 보내드리겠습니다.

"오랜만에 방문하는 것도 나쁘지 않을 것 같네요. 차량은 굳이 보내줄 필요 없습니다. 제 차 타고 갈 거라서요."

-알겠습니다. 건물 앞에서 기다리고 있겠습니다.

전화 통화가 끝났다.

성준은 리슈발트를 향해 고개를 돌렸다.

"일단 헌터 관리국부터 갔다 와서 생각해 보자."

성준은 차를 타고 헌터 관리국으로 향했다. 현성은 약속대로 건물 앞에서 기다리고 있었다. 성준은 주차를 끝낸 뒤, 현성과 합류해서 건물 옥상으로 올라갔다.

취조당하는 느낌의 조사실과 달리 옥상은 넓고 탁 트여 있어서 상쾌했다. 한창 바쁠 업무 시간이라 사람들도 많이 없었다.

"서론 제외하면 내일부터 추가 정산이 적용됩니다. 오래 기다리셨습니다."

"감사합니다, 그런데 많이 피곤해 보이시네요."

안경 너머로 보이는 눈 밑으로 다크 서클이 진했다. 성준의 물음에 현성은 어색한 미소를 흘리며 입을 열었다.

"하하하, 사실은 상부에서 불려가서 조금 깨졌습니다. 보복인지는 모르겠지만, 그 뒤로 업무의 양이 많아졌습니다."

"저런……."

성준은 눈살을 찌푸렸다. 현성이 깨진 이유가 협상에서 조건을 많이 부른 것 때문이라는 것 정도는 어렵지 않게 예상할 수 있었다.

"길드 면세 혜택도 길드 설립 순간부터 적용될 겁니다. 그래도 혹시 모르니까 길드 설립할 일이 생기면 저한테 미리 연락 주세요."

현성은 피곤했지만, 자신이 전달해야 할 내용을 충실하게 말했다. 언제나 열심히 일하는 면은 성준도 높이 평가하고 있었다.

"다른 혜택들은 어떻게 됩니까?"

"차근차근 적용될 예정입니다."

현성의 대답에 성준은 만족스러운 표정으로 고개를 끄덕였다. 그는 정면으로 시선을 옮겼다. 시야는 빌딩 숲에 가려져 있어서 답답하게 느낄 수도 있겠지만, 성준은 이것도 나쁘지는 않다고 생각했다.

"미국 측의 요원들은 아마 출국했을 겁니다."

현성이 말했다. 하지만 확신할 수는 없었다. 정확한 정보를 전달받지 못했기 때문이었다.

미국에서 돌발 행동을 할 수도 있기 때문에 대한민국은 긴장하고 있었다. 세계 유일의 SSS급 헌터가 있으며 다른 모든 국가와의 경쟁에서 우위에 있는 나라가 미국이었다.

"좋게 해결되어서 다행이네요."

성준은 솔직하게 말했다.

A급 헌터인 제니퍼를 발견한 순간부터 성준은 최악의 경우에 미국 요원들과의 전투도 생각하고 있었다. 객관적으로 볼 때 동맹국을 상대로 개판을 칠 확률은 높지 않았지만, 전생에서 워낙 험한 꼴을 많이 봤기 때문에 완전히 신뢰할 수 있는 관계는 없다는 것을 잘 알고 있었다.

"고생이 많으셨습니다."

"하하하, 그래도 이렇게나마 알아주는 건 강성준 씨밖에 없네요."

현성은 씁쓸한 목소리로 답했다.

상부에서는 성준의 중요성을 인식하고는 있었지만, 현성이 만든 협상의 결과가 최선이 아니라고 생각하며 못마땅해하고 있었다. 그래서 그는 상부에 호출되어 단단히 깨지고 오기도 했다. 그래서 많이 서운했고 피곤하기도 했다.

"건강 생각해서라도 쉬면서 일하세요."

성준의 진심 어린 충고에 현성은 미소를 지었다.

"감사합니다."

"힘들면 연락하세요. 제가 혹시 길드를 세우게 된다면 자리 하나 마련해두겠습니다."

"하하하. 말씀만이라도 감사합니다."

그는 말을 마치더니 시계를 확인했다.

"시간이 벌써 이렇게 되었네요. 저는 이만 업무에 복귀해야 합니다. 배웅은 못 해 드릴 것 같습니다."

"괜찮습니다. 어린애도 아니니까요."

현성과 헤어진 성준은 주차장으로 내려가 자신의 차량, 헌터 세단에 탑승했다. 시동을 걸고 출발하려는 순간이었다.

스마트폰이 메시지의 도착을 알렸다.

[우리 만날까요?]

설아였다.

[공식적인 일입니까?]

[그렇다고 해두죠.]

성준이 메시지를 보내자 곧바로 답장이 왔다. 메시지로 길게 대화하는 걸 좋아하지 않는 성준은 운전대에서 손을 떼고 설아에게 전화를 걸었다.

-여보세요.

다음 메시지를 입력하고 있었던 것인지 그녀는 바로 전화를 받았다. 목소리에서 취기가 느껴졌다.

"취하기엔 이른 시간 아닙니까?"

성준은 스마트폰에 대고 말하면서 재차 시계를 확인했다. 오후 5시였다.

-그러게요. 제가 왜 이렇게 취했을까요?

"공식적인 일이라고 하셨으니까, 제가 가겠습니다. 메시지로 위치 보내주세요."

성준이 말했다.

설아는 그에게 있어서 중요한 사람 중 하나였다. 그녀와의 아슬아슬한 줄타기는 많은 이익을 가져다주었다. 지금 그녀는 술에 취해 투정을 부리는 것으로 보였지만 적당히 맞춰줄 생각이었다.

그때 설아에게서 위치가 적힌 메시지가 도착했다.

"가깝네. 금방 도착하겠어."

-윤설아한테 이동할 생각이십니까?

"그래."

성준의 대답에 리슈발트는 고개를 끄덕이며 입을 열었다.

-현명한 판단이십니다. 윤설아는 주군께 도움이 되는 사람입니다. 그녀를 가까이하는 게 좋다고 생각됩니다.

"나도 그렇게 생각해."

성준은 운전대를 잡았다. 헌터 관리국 본부 주차장에서 출발한 성준의 차는 20분 정도를 달린 끝에 그녀가 있다고 하는 라운지 바가 있는 건물에 도착했다.

차를 주차한 뒤, 라운지 바로 올라갔다. 내부는 고급스럽고 엔틱한 느낌이었다. 그리고 사람이라고는 바텐더밖에 보이지 않았고, 적막감이 돌 정도로 조용했다.

"여기예요."

구석진 곳에서 설아의 목소리가 들려왔다. 그녀는 앉아 있는 곳까지 걸어가는 동안 다른 사람의 그림자조차 찾아볼 수 없었다.

"전세라도 낸 겁니까?"

어느새 설아에게 다가간 성준은 그녀의 앞에 앉았다.

"정답이에요."

재벌가답게 노는 방식도 남달랐다. 그래도 사실 그녀 정도면 양호한 수준이라고 성준은 생각했다.

"속상한 일이라도 있으셨습니까?"

"그럴 일이 있었죠."

성준의 물음에 설아는 힘없이 고개를 끄덕였다. 그 모습에 그녀가 정말 속상한 일을 겪었다는 것을 직감했다. 성준은 말없이 그녀 앞의 빈 술잔을 채워주었다.

"공식적인 일은 아닌 것 같지만 말해보세요. 서비스로 들어드릴 테니까."

성준이 말했다.

설아는 조금 머뭇거리다가 슬픈 표정으로 입을 열었다.

"나보고 당신을 유혹하래요."

성준은 대답 대신 고개를 끄덕였다. 어느 정도 예상가는 상황이었고 실제로 설아와 처음 만났을 때 그녀는 비슷한 느낌의 말을 하기도 했었다. 그게 싫었기 때문에 그녀가 미리 선을 긋지 않았던가?

"요즘 강성준 씨와 자주 안 만나서 혼났어요. 할아버지한테."

"최근 제가 바쁘긴 했죠."

겨울 군주 일도 있었고 미국과의 저울질 때문에 설아의 연락을 피했던 것도 사실이었다.

"안 되면 몸으로라도 유혹하라고 하네요. 할아버지라는 인간이."

설아의 말에 성준은 눈살을 찌푸렸다. 무언의 압박 정도는 있을 것이라 생각했지만, 윤태석 회장이 저렇게 직접적으로 말할 줄은 몰랐다. 만약 사실이라면 설아가 받은 충격은 상당했을 것이라고 성준은 생각했다.

그 후로 1시간 동안 설아의 푸념이 계속되었고 성준은 말없이 들어주었다.

마지막에 그녀는 결국 눈물을 보이고 말았다.

"나는…… 열심히 하고 있는데……."

"오늘은 제가 책임질 테니까 취하셔도 좋습니다."

"책임진다는 건 술도 사준다는 말인가요?"

"그것도 포함되겠네요."

성준의 대답에 설아의 입가에 희미한 미소가 번졌다. 그 모습을 보는 성준도 미소를 머금었다. 그녀를 만나고 1시간 만에 처음 보는 미소였다.

"비싼 술 시켜야겠다."

"괜찮습니다. 정산금을 많이 받았거든요."

"정말요? 진짜 비싼 술 시킬 거예요."

설아는 진심인 것 같았지만, 성준은 대답 대신 고개를 끄덕이며 미소 지을 뿐이었다. 술이 비싸 봤자 얼마나 비싸겠는가? 지금 그에겐 3,000억이 넘는 돈이 있었다. 이 정도는 사소한 사치조차 아니었다.

나중에 영수증을 확인했을 때도 그는 미소를 잃지 않았다.

-원…… 통하다…….

B급 던전의 보스로 등장한 A급 마물, 데스나이트가 성준이 뿌린 힐링 스프레이를 견디지 못하고 쓰러졌다. 오래전부터 이미 차갑게 식었던 육신에 강제로 붙어 있던 기사의 영혼이 떠나면서 찢어지는 듯한 비명이 울려 퍼졌다.

성준은 왼손을 들어 올려 데스나이트의 시체에서 마력을 흡수했다.

"동조율은?"

-오르지 않았습니다.

리슈발트의 대답에 성준은 마정석을 남기고 서서히 사라지고 있는 데스나이트의 시신을 두 눈을 가늘게 뜨고 노려보았다.

"지금 경지에선 B급 던전으로 동조율을 올리기 힘드네……."

-동조율은 높아질수록 더 많은 마력을 요구합니다.

성준의 혼잣말에 리슈발트가 설명을 덧붙였다.

"각성 던전 문 열어. 침략을 시작하자."

성준이 제국 침략을 선언하자 리슈발트는 복수를 할 생각에 흐뭇한 미소를 지으며 두 손을 들어 올렸다.

-각성 던전에 진입하겠습니다.

주변이 녹아내리고 전혀 새로운 배경이 대신했다. 성준이 두 눈을 감았다가 뜨자 앞에는 거대한 탑이 보였고 뒤에는 성벽이 보였다. 건물 입구에는 '제국에 영광스러운 승리를!'이라는 구호가 붙어 있었다.

-제국 전술 마탑인 것 같습니다.

리슈발트의 말에 성준은 고개를 끄덕였다.

"그런 것 같다."

제국에는 무수히 많은 마탑이 있는데 그중에서도 전술 마탑은 전략전술을 연구하고 여러 마도 병기를 개발하는 특수 목적 마탑이었다.

성준도 전생에 한 번 방문해 본 적이 있었는데 내부에는 마법사뿐만 아니라 마도학자들도 많았던 걸로 기억했다. 그리고 제국의 마탑 중에서도 중요한 곳답게 경계가 매우 삼엄했다.

"거기 누구냐!"

"어디서 튀어나온 놈이야?"

"사제가 왜 여기 있어?"

아니나 다를까 마탑의 입구를 지키고 있던 마검사 3명이 성준을 발견하고는 다가왔다.

'진입하고 바로 은신을 펼치지 않은 게 실수인가?'

성준은 잠깐 그렇게 생각했지만 이내 고개를 저었다. 실력 있는 마검사라면 은신 아이템이 작동하는 순간 마력의 흐름을 눈치챘을 것이다. 그러면 기습의 기회를 잃게 된다.

하지만 오히려 지금 성준은 '제국군 전투 사제복'을 입고 있었기 때문에 의심을 사기는 했지만 바로 공격받지 않았다. 그 증거로 마검사들이 아무 생각 없이 성준에게 다가오고 있었다.

"너희, 마검사지?"

"당연한 걸 묻고 그래? 오늘 전투사제단이 방문한다는 이야기는 못 들었는데……."

그 순간 경보가 울렸다. 마탑 주변에 정체불명의 차원 단절 결계가 만들어진 걸 확인한 어떤 마법사가 경보를 울린 것이었다.

"침입…… 컥!"

"크아악!"

"허억!"

그제야 수상한 점을 깨닫고 검을 뽑아 들려던 마검사 셋이 성준의 검에 목이 깊게 베어 고통에 찬 신음을 토해내며 쓰러졌다. 갑옷 틈새를 노렸기 때문에 오러를 사용할 필요도 없었다.

-역시 주군이십니다. 깔끔한 기습이었습니다.

리슈발트는 박수를 치며 감탄했다. 성준은 입가에 미소를 그린 채 말없이 마탑의 정문을 향해 발걸음을 옮겼다.

-은신 마법 대책이 마련되어 있습니다. 은신을 사용하면 오

히려 더 눈에 띌 겁니다.

"아마도 그렇겠지?"

마법사들이 잔뜩 모여 있는 마탑에 은신 대책이 마련되어 있지 않으면 이상했다. 성준은 은신을 사용하지 않고 차분하게 정문을 열려고 했지만 잠겨 있었다.

성준은 싸늘한 냉기를 품은 눈빛을 흘리며 정문에서 한 걸음 물러났다.

"리슈발트, 이제 기습은 무리일 거 같다. 정공법이다."

그는 검을 고쳐 잡고 오러를 켰다.

'보인다.'

마력의 흐름이 보였다.

성준은 정문을 향해 힘차게 검을 휘둘렀다.

쨍그랑!

파마검이 결계를 박살 내자 유리 깨지는 소리와 함께 마력 파편이 사방에 튀었다. 방어 결계를 잃은 정문도 힘없이 잘렸다. 성준은 조각난 정문을 밟고 안으로 들어갔다.

"파이어볼!"

"윈드 커터!"

"아이스 스피어!"

안으로 들어서기가 무섭게 공격 마법 여럿이 쏟아졌다.

성준은 침착하게 검을 들어 올린 채 자신을 향해 날아오는 공격 마법들의 궤적을 파악했다. 그리고 최우선 순위를 정해서 파마검으로 하나씩 베어버렸다.

"파마검이라니!"

"말도 안 돼!"

공격 마법들을 너무나 깔끔하게 처리하는 파마검에 마법사들은 경악했다. 그리고 마검사들이 불꽃을 머금어 타오르는 오러가 깃든 검을 휘두르며 성준에게 달려들었다.

"마검사가 다섯."

-지구 기준으로 하면 B급 넷에 A급 하나입니다.

리슈발트가 친절하게 설명해 주었다. 성준은 자신을 향해 달려드는 마검사들에게서 눈을 떼지 않은 채 자세를 고쳤다.

"질풍검!"

"실드!"

폭풍검까지 사용할 필요도 없었다. 질풍검이면 충분했다. 검풍을 쏟아내는 찌르기 한 방에 마검사 넷이 피를 쏟아내며 쓰러졌다.

리슈발트가 A급이라고 지칭했던 마검사 한 명만이 방어 마법을 전개하여 검풍들을 막아냈다.

하지만 성준의 찌르기가 남아 있었다.

"큭!"

실드로는 오러를 막을 수 없다. 마검사는 그것을 잘 알고 있었기 때문에 실드를 포기하고 급히 옆으로 몸을 던졌다.

성준이 그를 보며 단검을 뽑아 든 순간이었다.

"르페일 경을 엄호하게!"

캐스팅을 끝마친 마법사들이 공격 마법을 쏟아부었다.

2층에서 마법사들이 내려와서 합류한 것인지 성준을 노리는 공격 마법들의 수는 더 늘어나 있었다.

"하하하! 파마검 사용자라고 해도 전부 베려면 힘들 거다!"

누군가 자신만만한 목소리로 조롱했다.

성준은 그를 보며 씨익 웃었다.

"실드."

시동어를 내뱉자 S급 아이템 '용의 가호'가 성준의 마력을 소모하면서 마력 역장을 생성했다. 마력 역장에 가로막힌 공격 마법들은 서서히 힘을 잃고 폭발하거나 소멸했다.

"하하하! 맛이 어떠냐!"

"저희 19명이 공격 마법을 퍼부었으니까 아마 박살 났을 겁니다!"

마법이 폭발하면서 생긴 흙먼지 때문에 성준의 모습을 보는 게 불가능했다. 그래서 모두 성준이 강력한 공격 마법의 연쇄 폭발에 휩쓸려 치명상을 입었을 것이라 생각했다.

그러나 조용히 침묵을 지키고 있던 마법사 하나가 마력 반응을 느끼고 창백해진 안색으로 입을 열었다.

"살아 있습니다!"

"뭐라고?"

"강력한 마력 반응! 오러 입니다!"

당황할 틈도 없이 누군가 오러의 마력 반응을 포착하기 무섭게 흙먼지 안에서 뭔가가 반짝였다.

"실…… 커헉!"

마법사 한 명이 위험을 느끼고 실드를 펼치려 했지만 먼저 날아온 '무언가'는 그의 목에 꽂혔다. 그의 목에 꽂힌 '무언가'는 성준이 던진 단검이었다.

너무 빠르게 날아와서 실드를 펼칠 틈도 없었다.

"살아 있다!"

"다들 캐스팅을 멈추지 말게!"

마법사들이 대응하려 했고 1층의 대기소에 있던 마검사 다섯 명이 합류하여 전위를 지켰다. 그러나 흙먼지가 사라졌을 때 그곳에 성준은 없었다.

"없어?"

"여기야."

목소리가 들린 곳은 마법사들의 진형 중앙이었다. 모두가 섬뜩함을 느끼고 고개를 돌렸을 때, 그곳에서 성준은 막대한 양의 마력을 끌어 올리고 있었다.

모든 마력이 검에 집중된 순간 성준이 입을 열었다.

"폭풍검."

시동어를 내뱉으며 검을 휘두른 순간 검풍이 사방에 폭풍처럼 휘몰아쳤다. 미처 대응하지 못한 마법사들이 검풍에 처참하게 난자당해 목숨을 잃었다. 검의 폭풍은 마검사들에게까지 영향을 미쳤다.

피바람이 불었다.

"실드! 크악!"

소수는 실드를 펼치고 안도했지만, 성준은 그들을 찾아가 한 명씩 오러로 실드를 베고 목을 쳤다.

"흡수."

전투가 끝나고 성준은 체력과 마력을 흡수했다. 마법을 다루는 이들이라 그런지 꽤 많은 양의 마력이 회복되는 게 느껴졌다.

"끝인가?"

2층이나 지하에서 병력이 합류할 거라고 생각했지만, 그들은 위치를 지키며 방어를 튼튼히 하는 것을 선택한 모양인지 1층에 모습을 드러내지 않았다.

"어디부터 가는 게 좋을까?"

-마법 재료를 보관하고 있는 지하보다는 기밀문서를 보관하고 있는 상층을 노리는 게 더 좋지 않겠습니까?

리슈발트가 의견을 말했다.

성준은 생각을 정리한 끝에 고개를 저었다.

"지하부터 가서 마법 재료들 털어가자."

-먼저 상층으로 올라가는 게 좋지 않겠습니까?

"전술 마탑의 문서는 특별한 경우가 아니면 폐기할 수 없게 되어 있지. 만약 폐기하려고 마음먹는다면 우리가 중간층 정도에 도달하면 바로 폐기를 시작할 거야. 어차피 시간을 맞추긴 힘들어."

-역시 주군은 생각이 깊습니다.

성준의 설명에 리슈발트는 고개를 끄덕이며 납득했다. 그리고 감탄했다.

"그럼 지하로 간다."

성준은 확정을 지었다.

"침입자다!"

지하로 내려가기 무섭게 수비 병력이 모습을 드러냈다. 전술 마탑에서 가장 중요한 곳은 마법 재료 보관고가 있는 지하가 아니라 문서가 보관되어 있는 최상층이었기 때문에 지하의 수비 병력은 많지 않았다.

당장 대기하고 있던 수비 병력의 인원도 마법사 4명과 마검사 5명에 경비병 30명 정도였다. 마탑답게 일반 병사의 수가 적고 마법사와 마검사의 비중이 높았다.

-마검사는 물론이고 마법사 중에도 고위급은 없습니다.

리슈발트가 보고했다.

고위 마검사나 고위 마법사는 A급 이상의 강적이었지만 아직 모습을 드러내지는 않은 것 같았다.

-적의 전력을 총 계산했을 때 주군의 전투력이면 5분 안에 정리가 가능합니다.

"5분? 3분이면 충분해."

성준이 움직였다. 그 움직임은 마치 섬광과도 같았다. 순식간에 마검사들과 병사들의 목을 베고 깊숙이 침투한 그의 검에 마법사들마저 쓰러졌다.

"막아!"

"반드시 저지해야 한다!"

최상층의 문서 보관고만큼은 아니지만, 마법 재료 보관고도 나름 중요한 시설이었다.

다음 방은 넓은 공동이었고 다수의 수비 병력이 나타났다.

-100여 명에 고위 마법사가 두 명 섞여 있습니다. 드래곤 피어를 사용하는 게 좋지 않겠습니까?

리슈발트는 광역 제압 기술인 '드래곤 피어'의 사용을 제안했다. 드래곤 피어를 사용하면 다수의 적을 경직시킬 수 있다. 살기에 의한 제압보다 경직 시간도 길고 강한 적을 제압할 확률이 높았다. 마법사들일 경우 캐스팅이 경직으로 인해 캐스팅이 멈추고 마력이 꼬여서 일시적으로 캐스팅 재개가 불가능해진다.

"좋은 방법이야."

마력 소모가 만만치 않겠지만 '흡수'를 통해 재보급이 가능하니 큰 걱정은 없었다.

"울부짖어라. 로엘!"

크롸롸롸롸롸!

성준의 검, 로엘에 잠든 용의 영혼이 포효했다.

"크윽!"

"드, 드래곤 피어?"

"크아아악!"

병사들은 그대로 쓰러져 기절했다. 다른 이들도 멀쩡하진 않았다. 고위 마법사조차 드래곤 피어를 버티지 못하고 캐스팅을 중단할 수밖에 없었다.

그리고 그 틈에 성준은 고속 이동술을 펼쳐 고위 마법사들의 목을 치고 다른 이들을 죽였다.

전투가 끝나고 '흡수'마저 끝낸 성준은 마법 재료 보관고로 들어갔다.

차원 주머니에도 한계가 분명했기 때문에 비싸 보이는 마법 재료만 골라야 했다. 마법 재료 털이는 곧 끝났다.

그리고 발걸음을 옮기려는 순간이었다. 그는 구석에 숨겨져 있다시피 한 작은 문을 발견할 수 있었다.

"전술 마탑의 지하는 1층이 끝이라고 알고 있는데……."

성준은 기억을 더듬어 보았지만, 전술 마탑의 지하 2층에 대한 정보는 떠올리지 못했다.

-비밀 실험실일지도 모르겠군요.

"하긴, 마탑은 그런 거 하나씩 가지고 있지."

성준은 대수롭지 않게 대답한 뒤, 자물쇠를 부수고 지하 2층으로 내려갔다. 그리고 그는 지옥을 보았다.

"맙소사……."

벽면 가득 어린아이들의 시체가 매달려 있었다. 모두 온전한 꼴이 아니었다.

"제국이…… 이런 실험을 허가해 줬다고?"

성준은 충격을 받았다. 바닥을 치고 있던 황제에 대한 신뢰가 지하로 추락하는 기분이었다.

-중요한 사실은 아니지만, 전술 마탑 독자적인 실험일 수도 있습니다.

"그래, 중요한 건 오늘 여기서 아무도 살아나갈 수 없다는 거야."

성준의 눈동자에서 싸늘한 살기가 흘러넘쳤다.

"사, 살려 줘……."

전술 마탑의 로브를 걸친 중년의 마법사가 성준을 보며 간절하게 애원했다.

그러나 그를 내려다보는 성준의 표정은 얼음처럼 차가웠다.

"살려달라고?"

"그, 그래! 살려 줘! 제발!"

성준도 이계어로 대답했다. 그가 이계어를 할 줄 안다는 사실을 알게 되자 마법사의 얼굴에 희망이 깃들었다.

"너도 살려달라는 말 많이 들었을 것 같은데……."

성준은 냉소를 머금은 채 말했다.

마법사는 아무런 대답도 하지 못했다.

"살려달라는 애들을 너는 살려줬어?"

성준의 물음에 마법사는 침묵을 지켰다. 성준도 말없이 검을 들어 올렸다.

그러자 마법사는 다급하게 입을 열었다.

"그, 그런 난민 놈들 따위! 아무도 신경 쓰지 않는다고!"

더 들을 필요도 없었다.

성준은 검을 휘둘러 마법사의 목을 쳤다. 잘린 머리가 차가운 돌바닥에 나뒹굴고 머리를 잃은 몸은 붉은 피를 쏟아내며 쓰러졌다.

"8층은 끝."

성준은 사제복에 묻은 피를 털어내며 중얼거렸다. 그의 목소리에서 서늘한 살기가 묻어 나왔다.

리슈발트는 주변을 살핀 뒤, 성준을 보며 입을 열었다.

-완전히 정리되었습니다. 9층으로 올라가시죠.

성준은 고개를 끄덕이며 9층을 향해 발걸음을 옮겼다. 전술 마탑의 최상층은 25층이다. 아직 절반도 올라가지 못했다. 그는 다음 층으로 발걸음을 옮겼다.

9층에 오르자 넓은 광장이 모습을 드러냈다. 그곳에는 수십의 마검사가 3명의 마법사가 지키고 있었다.

-3명의 마법사 모두 고위급입니다.

리슈발트가 경고했다. 성준이 느끼기에도 마법사들에서 느껴지는 마력의 양이 범상치 않았다.

"고위 마법사에 마검사 수십 명이라…… 검성의 적으로 나쁘지 않네……."

성준의 두 눈이 반짝였다.

-고위 마검사도 한 명 섞여 있습니다.

"상관없어. 모두 순식간에 죽인다."

리슈발트의 보고에 성준이 말했다. 9층까지 올라오면서 마력 소모가 컸지만, 체력과 마력을 꾸준히 흡수한 덕분에 아직 여유가 있었다.

-드래곤 피어를 사용하는 게 좋지 않겠습니까?

리슈발트가 말했다.

이미 고위 마법사 3명과 마검사들은 캐스팅을 시작했다. 고위 마법사 1명과 마검사들 중에서도 캐스팅 속도가 빠른 몇 명은 시동어를 내뱉으려 하고 있었다.

"울부짖어라, 로엘!"

성준은 자신의 검, 로엘에 마력을 주입하며 앞으로 달려갔다. 그 속도가 너무 빨라서 마치 총탄과 같았다.

-크롸롸롸롸!

성준이 마검사 둘을 뛰어넘어 그들의 진형 중앙에 도달한 순간 로엘의 포효를 내뱉었다.

"크윽!"

"드, 드래곤…… 커헉!"

고위 마법사 3명은 물론이고 수십 명의 마검사가 포효 한 번에 캐스팅이 중단되면서 경직되었다. 몇 명은 모으고 있던 마력이 드래곤 피어 탓에 꼬이면서 내상을 입고 피를 토해내기도 했다.

"폭풍검."

성준은 경직된 이들의 중심에서 차분하게 시동어를 내뱉었다. 검풍이 휘몰아치면서 밀집한 마검사들을 베었다.

"크아아악!"

"사, 살려줘!"

실드를 펼치려고 했지만, 경직이 완전하게 풀리지 않았다. 그래서 실드 마법조차 전개하지 못한 채 피를 쏟아내며 쓰러졌다.

"실드!"

다른 이들보다 먼저 마력 제어력을 회복한 고위 마법사 한 명이 실드 마법을 펼쳤다. 마검사 8명이 목숨을 건졌지만 다른 이들은 모두 죽거나 치명상을 입고 쓰러진 뒤였다.

"모두 조심해! 기사 여단의 검술이다!"

또 다른 고위 마법사가 경고했다. 마검사들은 긴장한 표정으로 고개를 끄덕였다.

하지만 이미 저 잔혹한 검술에 허수아비처럼 저항조차 못 하고 쓰러진 동료들의 시체가 눈앞에 가득 있었다.

"달라지는 건 없어."

검술이 간파당했지만, 성준은 당황하지 않고 침착하게 검을 휘둘러 마검사들의 수를 줄였다.

"파이어월!"

마지막 남은 마검수의 목을 친 순간이었다. 날카로운 외침과 함께 고위 마법사 2명이 불의 벽으로 성준의 전후좌우를 차단했다. 그리고 마지막 남은 고위 마법사가 캐스팅을 끝내며 막대한 양의 마력을 끌어 올렸다.

"블리자드!"

고위 마법인 블리자드. 얼음 폭풍이 쏟아졌다.

하지만 성준은 당황하지 않고 침착하게 파이어월을 향해 달려 나가며 파마검을 펼쳤다.

마력을 분해하여 마법을 파괴하는 검술, 파마검.

현재 성준의 수준으로는 고위 마법까지 파마검으로 파괴할 수 있었다. 상위 마법인 파이어월은 허무하게 갈라졌다.

"파마검까지?"

"검성의 제자라는 말이냐!"

"누가 배신한 건가?"

파마검의 등장에 고위 마법사들은 당황했다. 파마검을 흉내 낼 수는 있어도 이렇게 완벽하게 펼치려면 검성의 비전 기술을 익혀야만 가능했다.

성준은 검성이었던 전생의 기억이 온전치는 않지만, 일부 남아 있어서 거의 완벽에 가까운 파마검을 다룰 수 있었다.

"지금 중요한 건 그게 아닐 텐데?"

성준은 어느새 그들의 뒤로 이동한 뒤였다.

"크아악!"

"커헉!"

그가 검을 휘두르자 고위 마법사 2명이 허무하게 죽었다.

성준이 마지막 남은 한 명을 보며 검을 들어 올린 순간이었다.

"블링크!"

고위 마법사는 블링크를 사용해 거리를 벌렸다. 그의 입가에 미소가 걸려 있었다.

그를 보며 성준도 씨익 웃으며 입을 열었다.

"블링크."

시동어를 내뱉음으로 인해 '제국군 차원 기동부대의 군화'에 붙어 있는 옵션 스킬인 블링크가 사용되었고 성준의 몸이 사라졌다가 고위 마법사의 코앞에 나타났다.

"이, 이건 차원 기동…… 컥!"

성준이 내찌른 검에 흉부를 꿰뚫린 탓에 그는 말을 잇지 못했다.

"흡수."

9층의 수비 병력을 전멸시킨 성준은 그들의 시체에서 체력과 마력을 흡수한 뒤, 다음 층으로 올라갔다. 9층이 중간 방어선이었던 것인지 19층까지 마법 함정을 제외하면 수비 병력은 보이지 않았다. 마법 함정들은 리슈발트의 도움으로 어렵지 않게 돌파할 수 있었다.

"환영합니다."

20층에 올라가자 단 한 명의 고위 마법사가 성준을 맞이했다. 고위 마법사의 징표를 로브에 달고 있기는 했지만, 마력의 양은 대마법사에 가까웠다.

-대마법사 승격을 앞두고 있는 고위 마법사 같습니다.

리슈발트가 보고했다. 그의 의견에 성준도 동의했기에 대답 대신 아주 작게 고개를 끄덕였다.

성준이 광장의 중앙으로 걸음을 옮기자 마법사는 차분한 표정으로 입을 열었다.

"저는 듀켈리스라고 합니다. 당신의 이름은 궁금하지 않지만 하나만 질문해도 되겠습니까?"

"하나만 물어봐."

성준이 대답했다.

전술 마탑은 결계에 갇혀 있었고 이건 외부에서 절대로 박살 낼 수 없을뿐더러 시간도 흐르지 않고 있으니 여유는 넘쳤다.

"강력한 차원 단절 결계, 그리고 드래곤 피어까지…… 당신은 드래곤입니까?"

"아냐."

성준은 고개를 저으며 대답했다.

그러자 듀켈리스는 입꼬리를 끌어 올렸다.

"좋습니다. 제가 두려워해야 할 이유는 사라졌군요!"

그가 스태프를 흔들자 성준을 향해 전격이 쏟아졌다. 성준은 고속 이동술을 펼쳐 회피하면서 입을 열었다.

"드래곤보다 나를 더 두려워해야 할 거다."

성준이 사라졌다. 그리고 듀켈리스의 뒤편에서 모습을 드러냈다.

푸른 로브를 입은 마법사는 당황하지 않고 블링크를 펼쳐 거리를 벌리면서 성준에게 스태프를 겨눴다.

"라이트닝 볼트!"

상위 마법. 강력한 전격이 날아들었다. 성준은 당황하지 않고 파마검으로 베어버렸다.

"검성의 파마검까지? 당신의 정체가 더욱 궁금해지는군요! 잡아서……."

"지하에서 고문이라도 할 생각이야?"

"블링……."

"늦었어."

듀켈리스의 가슴을 향해 검을 내찔렀다.

푸욱.

"커헉!"

하지만 고통에 찬 신음을 내뱉은 쪽은 성준이었다.

-주군!

리슈발트가 다급하게 외쳤다.

누군가 뒤에서 성준을 찔렀다. 목을 노렸지만, 은신이 풀리는 순간 기척을 느끼고 몸을 옆으로 돌린 덕분에 왼쪽 어깨를 찔리는 것으로 끝났다.

"힐링 스프레이!"

성준은 백색의 빛무리를 뿌려 적들을 혼란스럽게 만든 뒤, 고속 이동술을 펼쳐 거리를 벌렸다.

그리고 그는 복면을 쓴 암살자를 볼 수 있었다.

-제국 특무군 유령 부대 소속인 것 같습니다.

"그래……. 내가 기척을 거의 못 느낄 정도니까 일등 살수인 것 같다."

리슈발트의 말에 성준은 고개를 끄덕였다.

일등 살수 정도면 S급 마물 중에서도 상위 티어와 전투력이 비슷했다. 듀켈리스의 전투력 또한 S급 하위 티어는 넘어설 정도니까 S급 마물 둘을 상대하는 것과 마찬가지였다.

'듀켈리스는 순식간에 죽일 수 있지만, 임실자 쪽이 문제야.'

일등 살수의 은신 능력이 유난히 뛰어났다. 이런 경우 함부로 마법사를 노리기도 힘들었다.

성준은 두 눈을 가늘게 뜨고 일등 살수의 움직임을 살폈다. 그는 고요하게 어둠 속으로 모습을 감췄다.

"은신."

성준도 가만히 있지 않았다. 그도 은신을 사용해 어둠 속으로 모습을 감췄다. 그 모습을 본 듀켈리스는 경악했다.

"은신까지 사용한다는 말입니까? 하지만 그렇다면 저에게도 방법이 있지요!"

듀켈리스는 자신만만하게 외친 뒤, 캐스팅을 시작했다. 성준은 그를 저지하고 싶었지만 어딘가에서 자신을 노리고 있을 일등 살수의 존재 때문에 쉽게 움직일 수 없었다.

-주군! 대마법입니다! 그것도 곧 완성될 것 같습니다!

리슈발트가 경고했지만, 성준은 어둠 속에서 자신을 노리고 있는 일등 살수를 경계하느라 쉽게 움직일 수 없었다.

'이렇게 된 이상 여차하면 용의 가호를 쓸 수밖에 없겠어.'

성준은 목에 걸려 있는 '용의 가호'로 손을 가져갔다. 붉은 보석의 차가운 감촉이 느껴졌다. 그는 침착하게 최대한 거리를 벌리기 위해 뒤로 물러났다.

은신도 만능이 아니기 때문에 최대한 기척을 줄이는 것도 잊지 않았다.

"하아앗!"

이윽고 듀켈리스가 마법을 완성하면서 시동어 대신 요상한 기합을 내질렀다. 천둥소리와 함께 사방으로 전격이 퍼져 나갔다.

그 모습을 본 성준은 입꼬리를 끌어 올리면서 '실드'라고 내뱉었다. 마력 역장은 성준에게로 향한 전격을 모두 막아냈다. 하지만 숨어서 기회를 엿보고 있던 일등 살수는 그대로 마법에 노출되고 말았다.

"시, 실드!"

그래도 실드 아이템을 가지고 있었던 것인지 시동어를 내뱉었지만 대마법을 막아내지는 못했다. 실드가 박살 나면서 일등 살수는 전격에 감전되고 말았다.

"크아아아아아악!"

그는 끔찍한 비명을 내지르며 쓰러졌다.

"아, 안 돼!"

전격 계열 대마법을 펼친 듀켈리스는 자신의 어리석음을 뒤늦게 깨닫고 절규했지만 엎질러진 물을 다시 담을 수는 없었다.

그 모습을 보며 성준은 비웃음을 흘렸다.

"멋진 팀킬이었어."

실드를 작동하면서 은신이 해제된 상황이었고 그는 듀켈리스가 무너진 정신을 수습하기 전에 고속 이동술을 펼쳐서 거리를 좁혔다. 듀켈리스는 방어하려고 했지만 조금 전에 대마법을 사용한 탓에 바로 마법을 펼치지 못했다.

"환영검!"

"끄아아아악!"

성준은 확실하게 죽이기 위해 일격 필살의 기술, 환영검을 사용했고 듀켈리스는 처참하게 난자당해 살해되었다.

그를 쓰러뜨린 성준은 마력을 흡수했다.

-동조율이 43%가 되었습니다.

리슈발트가 보고했다. 그리고 계측기도 던전을 클리어했다는 것으로 반응했다.

"보스가 이놈이었어?"

-아마도 마탑주가 자리를 비워서 보스로 인식된 모양입니다. 각성 던전을 클리어한 보상으로 동조율이 추가 상승하여 44%가 되었습니다.

"잘됐네."

성준은 대답과 함께 시꺼멓게 타버린 복면인에게 다가가 그의 몸을 수색했다.

"가지고 다니는 장비를 보니까 유령 부대가 맞아."

-매복하고 있었던 것 같습니다. 아무래도…….

"그래, 제국에서 슬슬 눈치를 채고 대비하고 있는 것 같아."

-이제 각성 던전의 난이도가 높아지겠군요.

"그래도 달라지는 거 있어? 다 죽여 버릴 거야."

성준은 시원하게 대답했다.

3장
북한으로

통신 기기가 가득한 방에 훈장이 가득한 군복을 입은 두 남자가 중앙의 탁자 옆에 앉아 있었다. 다른 군인들은 바쁘게 뭔가를 적거나 통신 장비에 집중하고 있었다. 탁자에 앉아 있는 이들은 쉬지 않고 담배를 피우며 초조한 기색을 드러냈다.

두 사람 모두 북한의 군부 권력의 핵심이었고 독재자인 김장운과 가까운 사이었다.

침묵 끝에 통통한 체형의 남자, 북한 인민무력부장인 리해성이 입을 열었다.

"이거 큰일이군. 이능화 군단의 전력으로도 겨울 군주의 진군을 막을 수 없다니……."

이능화 군단은 북한에서 국제 조약을 어기고 편성한 헌터들의 군대의 명칭이었다.

해성의 말에 안경을 끼고 뱀과 같이 간사한 인상의 남자, 호위사령관 류철성이 심각한 표정으로 해성을 보았다.

"위원장 동지께서는 평양을 떠나지 않을 거라고 하십니다."

그는 독재자 김장운의 뜻을 말했다.

"미사일 지도국과 공군 사령부에서 하루도 빠짐없이 공습하고 있지만 겨울 군주는 여전히 빠른 속도로 평양을 향해 오고 있다. 그런데도 위원장 동지께서는 평양을 떠나지 않겠다고 하셨다고?"

해성은 어이가 없다는 표정이었다.

그의 물음에 철성은 고개를 끄덕이며 입을 열었다.

"그렇습니다."

"평양방어사령부 병력으로는 겨울 군주를 막기 힘들 거다."

"호위사령부의 병력도 집결하고 있습니다. 겨울 군주는 평양에서 처리할 수 있습니다."

철성은 강한 자신감을 드러냈다. 북한의 이능화 군단은 크게 두 갈래로 나누어지는 데 하나는 인민무력부 소속이었고 하나는 호위사령부 소속이었다. 정찰총국에도 소속된 헌터들이 있지만 다른 두 곳에 비하면 소수였다.

"호위사령관! 호위사령부의 수장이라면 위원장 동지를 안전한 곳으로 모셔야 하지 않나? 지금 본분을 망각한 거 같은데 말이야."

"최악의 경우에는 제가 나설 겁니다."

호위사령부의 수장을 맡고 있는 철성은 S급 상위에 속하는 헌터였다. 북한이 보유하고 있기에는 아까울 정도로 뛰어났기에 과거 미국에서 포섭을 시도했지만 어린 시절부터 세뇌된 헌터를 빼내오는 건 쉬운 일이 아니었다.

철성이 자신만만하게 말하고 며칠의 시간이 흘렀다.

겨울 군주가 하수인 마물 무리와 함께 평양에 도달했다.

"전군 공격!"

해성이 명령을 내리자 평양에 집결한 모든 군대가 공격을 쏟아냈다.

"후퇴하라!"

"도, 도망쳐!"

북한은 모든 전투 병력을 끌어모아서 겨울 군주에게 대항했지만 이능화 군단을 포함한 북한군은 치명적인 피해를 입고 무너졌다. 자신만만했던 호위사령관 류철성은 평양 하늘에서 얼음 칼날에 난자당해 목숨을 잃었고 김장운은 지하 벙커로 몸을 숨겼다.

"호위사령관이 죽었어. 이제 어떻게 할 거야?"

지하 벙커에서 모인 장성들을 내려다보며 장운이 물었다. 평양에 남겠다고 한 사람은 그였지만 누구도 그 사실을 지적하지 않았다.

"위원장 동지. 남한 정부에 도움을 요청하는 건 어떻겠습니까? 겨울 군주가 저희를 초토화시키면 다음으로 노릴 곳은 남한 아니겠습니까?"

누군가 말했다. 어깨에 별이 3개 달린 장군이었다.

"내키지는 않아. 지불할 보수가 없잖아."

장운이 말했다. 그러자 3성 장군이 다시 입을 열었다.

"지불할 필요 없습니다. 오히려 지원 온 헌터들이 지쳤을 때 인질로 잡고 돈을 요구하면 됩니다. 겨울 군주도 잡고 지원도 얻어내고 일석이조 아니겠습니까?"

3성 장군의 말에 장운의 입가에 미소가 번졌다.

"좋아⋯⋯. 그렇게 하면 되겠어⋯⋯."

"죄, 죄송해요. 얼마 전에는 너무 취했던 것 같아요."

설아가 찾아왔다. 그녀는 얼마 전에 취해서 성준을 불러냈던 것을 떠올리고는 며칠 동안 흔히 말하는 잠수를 했다가 다시 연락을 해와서 만남을 가졌다.

설아는 자신이 성준에게 약한 모습을 보였다는 사실에 혼란스러워하고 있었다.

'내가 왜 그랬지?'

설아는 고개를 저었다. 이유를 알 수 없었다. 그녀는 그 누구에게도 약한 모습을 보인 적 없었다. 돌아가신 부모님 앞에서조차 강하게 살아왔었다. 그래서 얼마 전에 있었던 일이 더욱 낯설게 느껴졌다.

"괜찮습니다. 저한테도 나쁜 경험은 아니었으니까요."

성준은 설아가 그날 보여주었던 모습을 기억해내며 씨익 웃었다.

그러자 그녀는 얼굴을 붉히며 고개를 숙였다.

"그, 그래도……."

"정말 괜찮습니다. 공식적인 일은 아니었지만 가끔은 서비스 차원에서 투정 정도는 받아줄게요."

성준의 대답에 설아는 심장이 두근거리는 것을 느꼈다. 차갑게 얼어붙었다고 생각한 그녀의 심장이, 그 누구에게도 허용하지 않았던 마지노선이, 지금 무너지려 하고 있었다.

"이, 이만 가볼게요! 죄송해요! 수고하세요!"

위험을 감지한 그녀는 서둘러 성준과의 거리를 벌렸다. 멀지 않은 곳에서 차가 대기 중이었다.

그녀가 사라지자 성준은 짧은 한숨을 내쉬었다.

"나쁘지는 않네."

아스팔트 도로 한켠에서 줄지어 어딘가로 향하는 개미 떼를 관찰하고 있던 리슈발트는 성준의 혼잣말에 고개를 들었다. 그는 성준이 설아와 만나거나 지극히 개인적인 시간을 보낼 때면 최선을 다해서 다른 곳에 집중하고는 했다. 성준을 위한 배려였다.

-주군께 강한 호감을 가지고 있는 것 같습니다. 그녀는 청룡그룹의 이태석 회장의 손녀이니 깊은 관계로 발전해도 나쁠 건없다고 생각됩니다.

"돈은 충분한데……."

성준의 말에 리슈발트는 고개를 저으며 입을 열었다.

-제가 지구에 적응한 지 얼마 되지는 않았지만, 정계와 재계가 가깝다는 것 정도는 알고 있습니다. 깊게 사귀면 분명 큰도움이 될 겁니다. 어쩌면 곧 일어날지도 모르는 대전쟁에서도 말이죠.

리슈발트는 제국과 종족 연합이 차원을 넘어 지구를 침공해올 거라는 생각을 강하게 가지고 있었다. 그래서 가끔 성준에게 독자적인 세력을 만들어야 한다고 조언하기도 했다.

"그래, 세력을 만들라고 했었지?"

-그렇습니다.

"시간도 남는데 그 두 사람이나 만나봐야겠네."

각성 던전을 클리어한 지 얼마 지나지 않아서 휴식이 필요했다. 각성 던전의 난이도는 점점 올라가고 있었기 때문에 언제나 클리어하고 나면 많은 정신적인 피로를 동반했다. 그래서 며칠 쉬어야만 했다.

-두 사람이라고 하면 박장훈과 유신철입니까?

리슈발트의 물음에 성준은 대답 대신 고개를 끄덕이며 신철에게 전화를 걸었다. 성준은 장훈보다 신철과 대화가 잘 통하는 편이었다.

연락처는 겨울 군주를 처치한 직후, 병실을 방문했을 때 교환했었다.

-오랜만이네요.

스마트폰 너머로 전해지는 목소리에서 반가움이 묻어 나왔다.

"별일 없죠?"

-물론입니다.

"뭐하고 계셨어요?"

성준이 물었다.

-어제 B등급 던전 공략이 끝나서 오늘 장훈이랑 술이나 한잔하려고 했습니다. 장훈이가 괜찮은 바를 찾았다고 하더군요. 같이 가시겠습니까?

신철은 성준이 오랜만에 연락한 의도를 정확하게 꿰뚫고 있었다.

"초대해 주시는 겁니까?"

-강성준 씨가 쏜다면야…… 긍정적으로 검토해 보겠습니다.

신철이 농담조로 말했다.

성준의 입가에 희미한 미소가 번졌다.

"제가 끼어드는 거니까 당연히 제가 냅니다. 걱정하지 마세요."

-저는 몰라도 장훈이는 주량이 셉니다. 그리고 저희가 갈 곳은 비싼 곳이죠. 감당할 수 있겠습니까?

"겨울 군주 토벌에 참가하셨으니 아실 텐데요? 제가 감당할 수 없을 거라고 봐요?"

스마트폰 너머로 기분 좋은 웃음소리가 들려왔다.

-하핫! 농담이었습니다. 장소를 메시지로 보내드릴 테니까 천천히 오시죠.

통화가 끝나기 무섭게 메시지가 도착했다. 약속 시간은 2시간 뒤였지만 장소는 멀지 않았다. 성준은 딱히 할 게 없었기 때문에 차를 운전해서 먼저 약속 장소 근처에 도착했다.

-6시 방향에서 누군가 주군을 주시하고 있습니다. 확실하지는 않지만, 윤설아와 만나고 있을 때부터 붙은 미행인 것 같습니다.

"나도 알고 있어."

리슈발트의 보고에 성준은 고개를 끄덕였다.

이윽고 신철과 장훈이 카페로 들어왔다. 성준은 미행을 눈치쳤다는 사실을 내색하지 않고 그들을 반겼다.

"오랜만입니다. 강성준 씨."

장훈이 인사를 건넸다. 그는 성준을 형님이라고 부르려고 했지만 오글거리는 느낌이 들어서 성준이 거절했었다.

신철은 인사말 대신 눈짓으로 가볍게 인사를 건네며 주변을 빠르게 훑었다. 그리고 장훈과 함께 성준의 앞에 앉았다.

"저녁은 먹고 오셨습니까?"

신철이 물었다. 성준은 고개를 끄덕였다.

"간단하게 먹고 왔습니다."

"그렇다면 저 친구는 언제부터 따라붙은 겁니까?"

신철은 성준에게만 들릴 정도의 아주 작은 목소리로 물었다. 그 역시 뛰어난 실력과 센스를 가진 A급 마법계 헌터답게 수상한 기척의 존재를 눈치채고 있었다.

"아마도 2시간 정도 전부터 따라붙었을 겁니다."

"C급 헌터인 것 같습니다."

"그런 것 같네요."

성준과 신철의 대화를 듣고 있던 장훈도 심각한 상황을 파악한 것인지 눈빛이 변했다.

"감히 형님, 아니, 강성준 씨를? 죽여 버릴까?"

장훈이 작은 목소리로 말했다.

이미 그는 성준을 강자로 인식하고 있었고 그에게 강한 호감을 가지고 있었다.

충성을 맹세한 기사와 같은 모습을 보이는 장훈을 보며 성준은 미소를 머금었다.

"그건 위험합니다. 바로 죽이는 건 곤란하죠."

신철이 말했다. 성준은 느긋한 표정으로 입을 열었다.

"골목으로 유인해서 부드럽게 타일러 보죠."

그의 입가에 싸늘한 미소가 번졌다.

"그거 좋군요."

"장훈이 녀석이 좋아하는군요. 저도 찬성입니다."

세 사람은 카페를 나왔다. 미행하고 있던 이도 자연스럽게 자리를 정리하더니 성준을 뒤따라왔다.

성준이 골목으로 들어서기 무섭게 미행인은 수상한 낌새를 느끼고 도주를 시도했다. 그 순간 신철이 나섰다.

"변형! 바인드!"

끼고 있던 반지를 스태프로 변형시키며 속박 마법을 완성했다.

"큭!"

마력의 사슬이 미행자를 속박했다.

그는 마력을 방출해서 보이지 않는 사슬을 끊어내려 했지만 C급 헌터의 마력 방출로 A급 마법계 헌터의 바인드를 풀 수 있을 리가 없었다.

"잡았나?"

성준이 그에게 다가가려는 순간이었다. 미행자의 입에서 붉은 피가 쏟아져 나왔다.

"이 새끼?"

"혀를 깨물었습니다!"

장훈이 욕설을 내뱉었고 신철이 다급하게 외쳤지만, 성준은 여유로웠다. 그는 신철과 장훈을 보며 입을 열었다.

"제가 너무 전투계 같아서 잊은 것 같은데 저는 회복계입니다. 그것도 S급의."

성준은 말을 마치며 미행자를 향해 손을 뻗었다.

"힐."

S급 회복의 힐은 절단된 부위조차 재생시킬 수 있다. 미행자의 혀가 복원되었고 장훈이 그의 입을 강제로 벌리게 해서 양말을 쑤셔 넣었다.

"미안하다. 나는 손수건 같은 거 안 들고 다니거든!"

장훈이 신경질적으로 미행자를 걷어찼고 신철은 그의 몸을 수색해서 신분증을 찾아내 면밀하게 살폈다.

"위조입니다. 헌터 관리국 보안과에 연락해야겠네요."

"헌터 자격증도 위조된 겁니다."

신철은 혹시나 하는 마음에 미행자의 몸을 더 뒤져서 헌터 자격증까지 찾아냈지만, 신분증과 마찬가지로 위조된 것이었다.

"일단 헌터 관리국에 연락했습니다. 보안과의 조사관이 이

곳으로 오고 있다는군요."

신철이 말했다.

관리국의 보안과는 헌터와 관련된 범죄도 다루고 있었다. 가지고 있는 신분증과 자격증이 위조된 것이니 범죄와 연관되었을 가능성이 컸다.

"또 자살하려고 할 수도 있으니까, 잘 감시해 주세요."

"맡겨만 주세요."

성준의 말에 장훈은 자신감 넘치는 목소리로 대답했다.

그리고 얼마 지나지 않아서 조사관이 도착했다. 그는 D급 헌터로 보이는 무장경찰관 2명과 함께였다.

"헌터 관리국 보안과장 이진철입니다."

날카로운 눈매를 가진 30대 중반 정도의 남성이 명함을 내밀며 자신을 소개했다.

"반갑습니다. 강성준입니다."

"한번 뵙고 싶었는데…… 영광입니다."

성준이 내민 손을 진철은 꽉 붙잡고 반가움을 표시했다. 그러다 그는 곧 어색한 웃음을 흘리며 입을 열었다.

"부모님이 파주에 거주 중이십니다. 겨울 군주가 파주에 출현했을 때 강성준 씨가 아니었으면 큰일 날 뻔했습니다."

진철의 목소리에서 진심이 묻어 나왔다. 성준은 대답 대신 미소를 지어 보였다.

"보안과장님?"

뒤에서 무장경찰관이 언질을 준 뒤에서야 진철은 자신의 업무를 깨달았다.

"이런! 정말 죄송합니다. 강성준 씨를 뵙게 되어서 너무 기쁜 나머지 그만…… 우선 용의자부터 확보하겠습니다."

그는 자세한 지시를 내렸고 무장경찰관들이 행동했다. 그들은 용의자를 승합차에 태웠다. 용의자는 몸부림쳤지만, 진철과 함께 온 무장경찰관 2명도 모두 D급 헌터였기 때문에 간신히 승합차에 태울 수 있었다.

"조치를 잘하셨더군요. 피를 흘린 흔적이 있던데 용의자가 자살을 시도했습니까?"

업무를 떠올린 진철은 곧바로 사무적인 태도로 돌변하여 성준과 신철, 그리고 장훈을 보며 물었다.

성준은 고개를 끄덕이며 입을 열었다.

"자살을 시도했습니다. 혀가 절단되었는데 제가 회복시켰습니다."

헌터들은 모두 신체 능력이 우수하기에 정신력과 결단력만 충분하다면 자신의 혀를 너무나 쉽게 잘라 버릴 수 있었다.

"절단된 혀를 다시 붙인 것 같지는 않은데……."

진철이 말했다.

차가운 돌바닥에 잘린 혀의 조각이 나뒹굴고 있었다.

"새로 돋아나게 했습니다."

"역시 S급 회복계……. 대단합니다."

성준의 말에 진철은 감탄했다.

잘린 부위에서 새로운 혀가 돋아나는 건 말이 안 되는 것이지만 S급 회복계한테는 불가능한 일이 아니었다.

"진술서 작성을 위해서 동행해 주실 수 있겠습니까? 혹, 바쁘시면 지금 이 자리에서 간단하게 설명해 주셔도 좋습니다."

"여기서 간단하게 하겠습니다."

성준이 정중하게 동행을 거절하자 진철은 익숙하다는 표정으로 수첩을 꺼내 들었다.

"진술해 주시면 됩니다."

성준은 진술을 시작했다. 진철은 펜을 바쁘게 움직여서 내용을 기록했다.

진술 기록은 10분도 걸리지 않았지만, 술을 먹을 기분은 아니었기 때문에 성준은 신철, 그리고 장훈과 대화를 조금 더 나누고는 헤어졌다.

그리고 며칠 뒤, B급 던전 하나를 솔플 하고 동조율 45%가 되어서 나온 성준은 진철에게서 메시지를 한 통 받았다.

[헌터 관리국 보안과장 이진철입니다. 얼마 전에 연행한 위조 신분증 및 자격증 소지자와 관련해서 이야기를 나누고 싶습니다. 잠시 헌터

관리국에 출석해 주실 수 있겠습니까?]

성준은 S급 헌터였기 때문에 메시지 내용은 조심스러울 수밖에 없었다.

-어떻게 하실 생각이십니까?

"어차피 마정석 매각하려면 던전 관리국 가야 하니까 지금 가면 될 것 같아."

리슈발트의 물음에 성준이 대답했다.

헌터 관리국은 던전 관리국 옆에 붙어 있었다. 걸어서도 갈 수 있을 정도의 거리였다. 다른 헌터였다면 던전 피로를 핑계로 약속을 며칠 뒤로 미뤘겠지만, 성준은 '흡수' 덕분에 피로가 덜하기에 나온 김에 헌터 관리국까지 갈 생각이었다.

-현명한 생각인 것 같습니다.

"내가 늘 그렇지."

성준은 리슈발트와 가벼운 농담을 주고받으며 주차된 헌터 세단을 향해 발걸음을 옮겼다. 이윽고 운전석에 탑승한 그는 차를 출발시켰다.

우선은 던전 관리국으로 향했다. 대기표를 뽑아야만 했던 과거와는 달리 전용 창구가 개설되면서 대기 시간이 사라졌다.

"어서 오세요, 강성준 헌터님."

전용 창구에 가자 미모의 여직원이 입가에 밝은 미소를 머금은 채 인사를 해왔다. 그녀는 성준을 위해서만 일하는 전속 직원이었다.

"반가워요, 한소은 씨."

성준도 반갑게 인사를 건넸다. 소은이 먼저 보인 밝은 미소는 성준의 기분을 상쾌하게 만들기에 충분했다.

"마정석 양을 보니까 오늘은 B급 딘전을 솔플하셨나 봐요?"

"예, 맞아요. 매각해 주세요."

"잠시만 기다려주세요."

소은은 성준의 양해를 구한 뒤, 매각 절차를 진행했다.

"오래 기다리셨죠? 4억 2천만 원입니다."

B급 딘전 치고는 많은 정산금의 액수가 많은 편이었지만 성준에게는 큰 금액이 아니었다. 하지만 강해지기 위해서라도 딘전을 공략하는 것은 멈출 수 없었다.

"고마워요. 고생 많았어요."

성준은 소은에게 인사를 하고 나왔다. 그리고 헌터 관리국으로 발걸음을 옮기면서 진철에게 전화를 걸었다.

-보안과장 이진철입니다.

"강성준입니다. 지금 가고 있습니다."

-어디쯤이시죠?

"딘전 관리국에서 그쪽으로 가고 있습니다."

-이런, 바로 내려가겠습니다.

진철은 서둘러 전화를 끊었다.

이윽고 성준은 헌터 관리국 건물 앞에 도착했다. 1층 입구에서 진철과 현성이 그를 기다리고 있었다.

"김 팀장님도 계셨네요?"

"예, 전달해야 할 내용이 있어서 이 과장님한테 연락을 받고 바로 내려왔습니다."

현성이 대답했다. 두 사람이 인사를 주고받는 걸 지켜보고 있던 진철이 차분한 표정으로 입을 열었다.

"사무실로 올라가시죠."

"네."

성준의 대답이 끝나기 무섭게 세 사람은 진철의 개인 사무실로 올라갔다.

"앉으시죠."

진철은 성준에게 앉을 것을 권했다. 성준이 소파에 앉자 진철도 그의 앞에 자리 잡았고 현성은 종이컵 3개에 따뜻한 믹스커피를 담아 왔다.

현성이 자신의 옆에 앉자 진철은 차분한 표정으로 입을 열었다.

"강성준 씨를 미행했던 신원 불명의 헌터는 북한 정찰총국 소속의 공작원으로 밝혀졌습니다."

"북한 정찰총국이요? 그런 놈들이 왜 절 미행하는 겁니까?"

성준은 기억을 더듬어 보았지만, 북한을 욕하거나 비난한 기억은 없었다.

"파주에 겨울 군주가 출현했을 때 북한에서도 겨울 군주가 모습을 드러냈습니다. 전 병력을 동원했지만 지금 평양은 초토화된 상황이라고 합니다."

"뉴스에서 본 것 같습니다."

성준은 리슈발트의 교육 때문에 뉴스를 자주 시청하는 편이었다. 그래서 요즘 북한에서 난리가 났다는 것 정도는 알고 있었다. 하지만 그것과 이번 일이 무슨 관련이 있는지는 알 수 없었다.

"북한에서 공식적으로 헌터 지원을 요청해왔습니다. 정찰총국에서는 정보 확보를 위해 움직인 것 같습니다. 강성준 씨 말고도 S급 헌터 4명에게 미행이 붙었습니다."

현성이 말했다.

"그래서 어떻게 되었습니까?"

성준의 물음에 현성은 입꼬리를 끌어 올렸다.

"당연히 모두 제압되었습니다. 자결한 공작원도 있지만 말이죠."

"그렇군요."

성준은 고개를 끄덕였다. 현성의 설명을 듣고 보니 정찰총국이 움직인 이유를 이해할 수 있을 것 같았다.

"제 일은 여기까지입니다. 나머지는 김 팀장님과 이야기하시지요. 자리를 비켜드리겠습니다."

이것으로 미행 사건은 해결되었기 때문에 보안과의 일은 끝났다. 진철은 잠시 자리를 비켜주었고 현성은 주변을 빠르게 살피더니 성준을 보며 입을 열었다.

"북한에서 헌터 지원을 요청했다고 제가 방금 말했었죠?"

현성의 물음에 성준은 대답 대신 고개를 끄덕였다.

"헌터 지원을 요청해도 저희 측에서는 협력을 요청하는 것 이상의 제스처를 취할 수 없는 입장입니다. 아시겠지만 헌터들은 국가 소속이 아니니까요."

국가 소속의 헌터는 S급 헌터 중에서 나준열이 유일하지만, 그는 북한을 그렇게 좋아하지 않았다. 아마 대한민국 정부에서 지시를 내렸더라도 그가 결단코 거부했을 것이다. 국가 소속이라고는 해도 준열이 강하게 거부하면 북한으로 보낼 방법이 없었다.

"협력 요청입니까?"

"그렇습니다. 북한으로 가서 겨울 군주를 요격한 S급 헌터를 모집하고 있습니다."

"보수는 어떻게 됩니까?"

"겨울 군주를 사냥하면서 나오는 모든 마정석에 대한 권리를 포기했습니다. 그리고 정확하게 밝히지는 않았지만, 별도의 보수도 있다고 합니다."

현성이 대답했다.

대한민국 헌터 관리국에서는 북한과 김장운의 검은 속내를 전혀 눈치채지 못하고 있었다.

"나쁘진 않네요. 몇 명이나 갑니까?"

"그게…… S급 헌터들 중에선 한 명도 없습니다. 다들 북한에 대한 선입견을 가지고 있어서요."

"자업자득이죠. 이쁜 짓을 한 게 없잖아요."

성준은 한숨을 내뱉으며 대답했다.

현성도 그의 말에 동조할 수밖에 없었다.

"다른 헌터들도 참가율이 저조한가 봅니다?"

"하하하……."

성준의 물음에 현성은 힘없이 웃었다.

"속일 생각은 마세요."

성준은 확실하게 말했다.

"예, 참여율이 많이 저조합니다."

현성이 대답했다.

성준은 희미한 미소를 입가에 머금은 채 입을 열었다.

"그럼 제가 가게 되면 마정석을 거의 독점할 수 있는 겁니까?"

"강성준 씨는 S급 헌터라서 비율이 높고 추가 정산까지 붙어 있으니까…… 겨울 군주의 사냥에 성공하기만 한다면 꽤 쏠쏠

할 겁니다."

현성은 솔직하게 말했다.

성준은 소파 등받이에 몸을 기댄 채 생각에 잠겼다. 이윽고 생각의 정리를 끝낸 그는 현성을 보며 입을 열었다.

"북한에서도 지원 병력이 있는 것이지요?"

"S급 헌터가 갈 경우 호위사령부 소속 헌터들과 모든 북한 군이 지시를 따르기로 약속했습니다."

"인민무력부의 헌터들은 지원해 주지 않는 겁니까?"

성준이 물었다. 그도 인터넷 등을 봐서 인민무력부의 헌터 부대인 이능화 군단이 규모가 크다는 것을 알고 있었다.

"인민무력부의 이능화 군단은 전멸에 가까운 피해를 입고 퇴각했습니다. 평양에는 있는 헌터들은 호위사령부 소속이 유일합니다. 하지만 걱정하지 않으셔도 됩니다. 인민무력부 헌터 들보다는 수가 적지만 더 정예화되어 있습니다."

현성이 대답했다.

성준은 만족스러운 표정으로 고개를 끄덕였다. 필요한 정보 는 모두 모였다. 이제 결단을 내릴 때였다.

"좋습니다. 북한으로 가겠습니다. 항공기 준비하세요."

"곧 팀이 편성될 겁니다."

"저 혼자 갑니다."

"예?"

성준의 대답에 현성은 자신의 귀를 의심했다.

"마정석 다 제가 먹을 거예요."

동조율 45%의 자신감이었다.

성준의 북한행이 결정되었다. 민간 항공기는 북한 영공 진입을 꺼렸기 때문에 성준은 군용 수송기를 이용해야만 했다.

원래는 대한민국 공군에서 수송기를 제공하기로 했지만, 북한 측은 상황이 점점 악화되자 먼저 수송기를 보내오기로 했다.

겨울 군주 사냥은 빠를수록 좋기에 성준은 흔쾌히 허락했다. 그리고 얼마 지나지 않아서 북한 공군 사령부에서 출발한 군용 수송기가 서울에 도착했다.

-김현성입니다. 지금 수송기가 도착했습니다. 강성준 씨를 태우러 차량도 출발했고요. 그거 타고 비행장으로 오시면 됩니다.

현성의 전화를 받고 오피스텔 앞 도로로 내려가니까 검은 세단 한 대가 대기하고 있었고 관리국 관계자로 보이는 사람이 그 옆에서 담배를 태우고 있었다. 그는 성준이 다가오는 것을 보고는 급히 담배를 끄고 문을 열어주었다.

"바로 출발하겠습니다."

성준이 뒷좌석에 타자 그도 운전석에 탑승하며 말했다. 시간이 없었기 때문에 차량은 바로 비행장으로 향했다.

"도착했습니다."

1시간 만에 가까운 비행장에 도착할 수 있었다.

20여 명의 사람이 모여 있는 곳에 차량이 멈췄다. 그들은 정장이나 군복을 입고 있었다.

성준은 혹시나 아는 사람이 있나 싶어서 재빠르게 그들을 훑었다. 김현성 팀장의 모습이 보였다.

그도 성준을 발견하고는 손을 흔들었다.

"강성준 씨! 시간이 없으니까 간단하게 설명하겠습니다."

"설명이요?"

"북한에 가서 주의해야 할 점 말입니다."

현성의 말에 그제야 성준은 고개를 끄덕였다.

"다른 말은 하지 않겠습니다. 김장운만 자극하지 않으면 됩니다."

현성이 말했다.

장운은 세계적으로 유명할 정도로 막 나가는 독재자였다. 그를 자극했다가는 무슨 일이 벌어질지 몰랐다.

"그쪽에서 먼저 저를 자극하지 않는다면 아무 일도 없을 겁니다."

"아무쪼록 트러블은 최대한 없어야 합니다."

현성이 당부했다. 성준의 성격을 알고 있었기 때문에 불안한 것이었다. 그는 착하지만 과한 자극을 받으면 맹수로 돌변하는 성격이었다.

군인들이나 정부 관계자들이 많았지만, 그들은 현성에게 모든 것을 맡겼다. 시간이 없어서 여러 사람이 말하는 것보다 효율적이기 때문이었다.

현성은 성준에게 주의사항 말고도 몇 개의 내용을 더 전달했다. 전달이 끝나자 그들에게 중사 계급장을 단 군인 한 명이 다가와 입을 열었다.

"북한군에서 보내온 수송기가 대기 중입니다. 모시겠습니다."

성준과 현성, 그리고 군복과 정장을 입은 사람들의 무리는 중사를 뒤따라 북한에서 보낸 군용 수송기가 있는 곳으로 이동했다. 비행장이 넓었지만, 북한군 수송기는 가까운 곳에 있었기 때문에 빠른 걸음으로 이동했다. 이윽고 수송기 앞에 도착했다.

북한 군인 2명이 수송기 도어 앞을 지키고 있었다.

"조심히 다녀오십시오."

현성이 말했다. 뒤따라 온 군인 중 몇은 경례를 하기도 했다. 성준이 수송기에 탑승하자 도어를 지키고 있던 북한 군인 2명도 뒤따라 올라탔다. 그들은 말없이 성준의 앞에 앉았고 내부에서 대기하고 있던 승무원이 조종사에게 모두 탑승했다는 사실을 전달하자 수송기가 천천히 이륙하기 시작했다. 수송기가 안정된 고도에 진입하자 장교로 보이는 군인 한 명이 성준의 앞에 나타났다.

"강성준 헌터님?"

앉아 있던 북한 군인 2명이 황급히 일어나 경례하는 모습으로 보아 꽤 높은 계급의 장교인 것 같았지만, 성준은 북한군 계급 체계를 몰랐기 때문에 정확한 계급은 알 수 없었다.

"예, 접니다."

"저는 인민무력부 소속 리정수 상좌입니다."

계급장을 보고 구별할 수 있을 정도는 아니었지만 '상좌'가 결코 낮은 계급이 아니라는 사실은 얼핏 들어서 알고 있었다.

그리고 그것보다 중요한 사실은.

-A급 헌터입니다.

정수가 평범한 군인이 아니라 A급 헌터라는 사실이었다.

"만나 뵙게 되어서 영광입니다. 평양에 있는 동안 제가 강성준 헌터님의 비서 역할을 수행하게 되었습니다."

예상과는 달리 정수는 성준에게 정중한 태도를 보였다.

"주의사항 같은 거라도 전달하러 오신 겁니까?"

"주의사항이라기보다는 평양에 도착했을 때 일정을 전달하려고 합니다."

"일정이라고 할 게 있습니까? 그냥 평양에 도착하면 바로 겨울 군주를 처리하면 됩니다."

"하지만 위원장 동지께서……."

정수의 얼굴에 당혹감이 서렸다. 아무래도 북한의 독재자인

장운이 성준을 만나고 싶어 하는 것 같았다.

-도시가 초토화되고 있는데 지도자가 한가롭게 굴다니…… 말세로군요.

리슈발트가 말했다.

바로 앞에 정수가 있어서 고개를 끄덕이지는 못했지만, 성준도 전적으로 동의했다.

"반드시 만나야 한다면 겨울 군주를 처치하고 나서 보겠습니다."

성준은 단호하게 자신의 뜻을 밝혔다. 그러자 정수는 고개를 끄덕이며 입을 열었다.

"알겠습니다. 그렇게 전달하겠습니다."

"호위사령부의 헌터들은 대기하고 있겠죠?"

성준이 물었다.

동조율 45%가 되었고 출발하기 전에 현성이 말해준 내용에 따르면 북한의 겨울 군주는 파주에 나타난 것에 비해 월등하게 약하다고는 하지만 단신으로 처리하기에는 여러 가지로 문제가 많았다.

"물론입니다."

"그런데 평양은 초토화되었다고 들었습니다. 착륙할 만한 비행장이 남아 있습니까?"

성준이 물었다. 비꼬는 건 아니었다.

"평양 외곽의 15번 지하도를 통해서 평양 중심지의 지하로 이동할 예정입니다. 호위사령부의 이능화 군단 병력은 지하에서 대기 중입니다."

평양에는 공습에 대비해서 지하 시설이 많았다. 공습은 아니지만 겨울 군주로 인해서 평양이 초토화되고 있는 지금 상황에서 군 지휘부와 보전된 병력들은 지하 시설에 몸을 숨기고 있었다.

"좋습니다. 수는 얼마나 됩니까?"

운용할 수 있는 병력의 수를 파악하는 것은 중요했다. 성준의 물음에 정수는 차분한 표정으로 입을 열었다.

"총 15개 팀으로 160명 정도입니다. 세부 사항은 여기 적혀 있습니다."

성준은 정수가 건넨 서류를 받아서 읽었다.

"161명 중에서 A급 헌터가 9명이라……"

성준은 혼잣말처럼 중얼거렸다.

"저를 포함하면 10명입니다."

정수가 말했다.

성준은 고개를 끄덕였지만, 표정은 밝지 않았다. 생각보다 북한의 사정이 좋지 않았다.

'지금 사용할 수 있는 전력을 최대한 활용하는 수밖에.'

전생에 기사 여단의 최고 기사였던 성준은 전략, 전술에도 식견이 깊었다.

"곧 수송기가 착륙할 겁니다."

정수가 말했다.

그러고는 성준의 앞에 위치한 좌석에 앉아서 하네스를 고정 시켰다. 곧 약한 충격과 함께 수송기가 착륙했다. 도어가 열리자 정수가 먼저 달려 나가 성준을 지하도로 안내했다. 그들은 지하철을 타고 이동했다. 정수가 말한 지하도는 지하철역과 비슷한 모습이었지만 조금 더 투박했다. 하지만 평양 중심지에 가까워질수록 화려한 모습으로 변했다.

"도착했습니다. 평양에 오신 것을 환영합니다."

"북한은 헌터들에게도 계급 체계가 있다고 들었습니다."

"물론입니다. 저희는 타국과 체계가 완전히 다르니까요."

성준의 말에 정수는 북한이 타국과는 다르다는 사실을 인정했다.

"중간 지휘관들, 그러니까 팀장들을 다 소집해 주세요."

"작전 브리핑입니까."

"비슷합니다. 그리고 상황을 정리한 보고서도 제출해 주세요."

작전을 계획하기 위해서는 가장 먼저 상황을 파악할 필요가 있었다.

"즉시 준비하겠습니다."

정수는 다른 군인한테 지시를 내린 뒤, 성준을 임시 숙소로 안내했다. 숙소는 40평 정도로 지내기에 충분했다.

"잠시만 기다려주시면 금방 준비해 오겠습니다."

성준이 고개를 끄덕이자 정수는 자리를 비웠다. 그리고 한 시간 정도 후에 노크와 함께 문을 열고 들어왔다.

"보고서입니다."

정수가 보고서를 건넸다. 성준은 그것을 받아서 읽었다. 그리고 한숨을 내쉬었다. 평양은 이미 회복하기 힘들 정도의 피해를 입은 상황이었다. 북한군은 겨울 군주와 그 하수인 마물들을 평양에서 몰아내려고 했지만, 이상하게도 그들은 더 이상 움직이지 않았다. 대신 둥지를 튼 것처럼 자리를 잡고 평양을 철저하게 파괴하고 있었다.

"솔직히 말씀드리면 상황이 좋지 않습니다."

정수는 솔직하게 말했다. 그는 인민무력부장과 같은 생각이었다. 장운을 피난시키지 못해서 이능화 군단이 효율적인 전술을 펼치지 못했고 그 때문에 큰 타격을 입었다고 생각하고 있었다.

"그러네요. 심각하네요."

성준은 보고서를 2번째 읽으며 대답했다.

"하지만 수습하지 못할 정도는 아닙니다. 팀장들을 소집시켜주세요."

"브리핑룸에서 대기 중이었습니다. 모시겠습니다."

성준은 정수와 함께 브리핑룸으로 이동했다.

이미 팀장들은 성준을 기다리고 있었다. 성준은 그들에게 계획을 설명했다. 겨울 군주는 이미 한 번 사냥해 본 경험이 있었기 때문에 계획을 세우는 것은 어렵지 않았다.

"작전명은 '포위섬멸진'입니다."

성준은 작전명을 말하는 것을 마지막으로 설명을 끝마쳤고 겨울 군주를 향한 공격이 시작되었다.

평양의 지하도에서 헌터들이 쏟아져 나왔다. 그들은 성준이 세운 작전대로 겨울 군주를 공격했다. 포위진은 북한군이 유지했으며 헌터들로 구성된 각 팀은 공격대 역할을 맡고 포병 부대의 엄호를 받으며 깊숙이 침투했다.

"강성준 헌터님. 겨울 군주와 근접했습니다."

정수가 말했다. 성준은 남아 있는 팀 중에 가장 정예인 1팀의 엄호를 받으며 겨울 군주에게 최대한 접근한 상태였다.

"제가 가세하지 않아도 되겠습니까?"

"혼자서 충분합니다."

성준은 강한 자신감을 내비쳤다.

곧 그의 앞에 겨울 군주가 모습을 드러냈다.

"갑니다. 하수인들만 처리해 주세요."

"그건 믿고 맡겨 주셔도 좋습니다."

성준은 정수의 대답을 듣고 만족스러운 표정으로 고개를

끄덕였다.

"이제 사냥을 시작하겠습니다."

"정찰 부대의 보고에 의하면 남한의 S급 헌터인 강성준이 겨울 군주와 접촉했다고 합니다."

대좌 계급의 장교가 보고했다.

장운은 고개를 끄덕이며 입을 열었다.

"어떻게 해야 좋을까……?"

"무엇을 말입니까?"

인민무력부장 리해성이 물었다. 눈앞에 있는 독재자를 몇 년 동안이나 보좌해왔지만, 이해할 수 없을 때가 많았다. 그리고 그건 이번에도 마찬가지였다.

'도대체 왜 평양에 남으셨는지……'

해성은 속으로 한탄했다. 장운이 평양을 떠났다면 인민무력부에서 조금 더 전략전술을 활용하여 다른 곳에서 겨울 군주를 격퇴할 수도 있었을 것이라 생각했다.

"강성준 말하는 거야. 우리가 회유할 수 있을까?"

갑작스러운 질문에 해성은 당황했지만, 그것을 감추고 애써 침착한 표정으로 입을 열었다.

"어려울 수도 있다고 생각합니다."

"남한으로 돌려보내기는 싫은데 말이지……."

"하지만 다른 방법이 없지 않겠습니까? 그는…… 아주 강하다고 들었습니다."

"아니야. 방법이 있어."

장운의 말에 해성은 심장이 내려앉는 것만 같았다. 이 미친 독재자가 도대체 무슨 말을 할까?

궁금하기도 했다.

"연구총국에서 개발한 마물의 독이 있다고 들은 적 있지? 그거 쓰자고. 새로 개발한 독이니 해독 방법을 모를 거야."

장운의 말에 해성은 입술을 살짝 깨물었다.

'이 사실을 반드시 알려야 해.'

북한이 지도에서 사라지는 것은 원치 않았다.

"총공격!"

하수인 역할을 맡은 마물 무리와 마주쳤다. 호위사령부 소속의 1팀장이 공격 명령을 내리자 헌터들이 일제히 움직였다. 정수도 가세했다. 그들이 하수인 마물들을 상대하는 것을 확인한 성준은 고속 이동술을 펼쳐서 겨울 군주에게 접근했다.

겨울 군주는 얼음 폭풍을 일으켜 대항했지만.

"소용없어."

이미 파주에서 더 강한 겨울 군주를 상대했었던 성준은 공격 패턴을 간파하고 있었다. 그는 현란한 움직임으로 몸을 날려 얼음 폭풍을 피하는 것과 동시에 겨울 군주에게 파고들었다.

"환영검."

강력한 절삭력을 지닌 오러를 머금은 환영검들이 겨울 군주의 왼쪽 종아리를 난자했다. 붉은 피가 튀고 거대한 설인의 중심이 순간적으로 무너지면서 자세가 흐트러졌다. 그리고 성준은 그 틈을 놓치지 않았다.

파주에서의 전투에서 깨달은 겨울 군주의 약점을 파고들어 오른쪽 허벅지에 치명상을 입혔다.

"이계인 따위가!"

겨울 군주가 포효했다. 마력을 담아 외친 것이었지만 동조율 45%의 성준에게는 통하지 않았다.

"크아아아아악!"

등 쪽에서 느껴지는 끔찍한 고통에 겨울 군주가 또다시 비명을 내질렀다. 대응하기 위해 얼음 폭풍과 함께 몸을 돌렸을 때 성준은 그곳에 없었다.

파주에 나타났던 겨울 군주보다 약하다지만 이 정도로 성준이 압도할 수 있었던 이유는 상대한 경험이 있었기 때문이었다. 그는 한 번 본 적의 특징과 약점을 잊지 않는 싸움의 천재였다. 전생에 기사 여단의 최고 기사 자리는 거저 얻은 게 아니었다.

"환영검."

겨울 군주는 간신히 성준의 기척을 읽어내고 움직임을 예측해서 고위 마법인 블리자드를 시전하려고 했지만, 성준이 '용의 가호'의 마력 역장을 펼친 채 그대로 돌진하는 바람에 블리자드를 시전하지 못했다.

"환영검."

다시 한번 일격 필살의 기술인 환영검이 시전되었고 수십 개의 환영검이 다시 겨울 군주를 덮쳤다. 이번에는 목이었다.

겨울 군주는 황급히 오러 아머를 끌어 올렸지만, 방어는 불가능했다.

"끄르르르륵!"

목이 난자당했다. 겨울 군주는 힘없이 쓰러졌다. 파주에서보다 약한 개체라고는 하지만 허무한 죽음이었다. 성준이라는 적을 만난 게 겨울 군주에게는 운이 없었던 것이었다.

"흡수."

성준은 겨울 군주의 시체에서 체력과 마력을 흡수했다. 그리고 그가 검을 집어넣는 순간 리슈발트가 입을 열었다.

-동조율 46%입니다. 축하드립니다.

"각성 던전에 출입할 수 있겠지?"

-이유는 알 수 없지만, 다음 각성 던전은 동조율 50%에서 열릴 것 같습니다.

"그렇군."

리슈발트의 말에 성준은 고개를 끄덕였다. 각성 던전에 대해서는 정확하게 파악되지 않았다. 아직은 모르는 게 너무 많았다.

"강성준 헌터님!"

멀리서 정수의 목소리가 들려왔다. 성준이 고개를 들자 그는 이미 고속 이동술을 거리를 좁혀 온 뒤였다.

"겨울 군주의 마력 반응이 완전히 사라진 것을 확인했습니다. 다른 마물들도 모두 역소환 되었다고 합니다!"

그의 목소리에서 기쁨이 느껴졌다. 성준은 고개를 끄덕이며 입을 열었다.

"마정석 정산금은 언제 받을 수 있습니까?"

"솔직히 말씀드리자면 저희는 정산 시스템이 제대로 갖춰져 있지 않아서 아무리 빨라도 이틀 정도 걸립니다. 그리고 지급 수단은 현금입니다."

"좋습니다. 그렇게 오래 걸리는 것 같지도 않고 제가 수령해서 가져가겠습니다."

"알겠습니다. 관련 부서에 그렇게 전하겠습니다."

정수가 대답했다.

"지하에 숙소가 괜찮던데 정산될 때까지 있어도 되겠죠?"

평양은 거의 초토화된 상태였기 때문에 지하에서 지내야만
했다.

"물론입니다. 위원장 동지께서도 좋아하실 겁니다."

두 사람은 폐허가 된 중심가를 지나 지하도로 내려갔다. 김
장운을 포함한 수뇌부는 아직 지하에서 지내고 있었다.

"호출기를 드리겠습니다. 제가 필요하시면 이걸 사용하시면
됩니다."

"당분간은 부를 일이 없을 것 같네요. 조금 쉬고 싶어서요."

성준이 대답했다. 사실 크게 피곤하지는 않았지만 리슈발트
와 대화를 나누고 싶었기 때문에 방해받고 싶지 않았다.

"알겠습니다. 그럼 편히 쉬십시오."

던전이나 레이드로 인한 피로는 헌터에게 있어서 당연하고
흔한 것이었기 때문에 정수는 이해한다는 표정으로 성준의 방
에서 떠났다.

-도청 장치나 감시 카메라는 없습니다. 방에 침입한 흔적도
없습니다.

리슈발트가 말했다.

그에게 도청 장치나 감시 카메라를 감지하는 능력은 없었지
만, 성준이 정수와 대화를 나누는 동안 살펴본 것 같았다.

그가 리슈발트와 대화를 시작하려는 순간이었다. 다수의 인기척이 느껴졌다.

똑똑똑.

그리고 노크와 함께 문이 열리며 정수가 걸어 들어왔다. 방해하지 말아 달라고 부탁한 게 있었기 때문에 성준은 눈살을 찌푸렸다.

"헌터님. 위원장 동지께서 오고 계십니다."

"김장운 위원장을 말씀하시는 겁니까?"

"예, 맞습니다."

성준의 물음에 정수는 대답과 함께 고개를 끄덕였다.

-생각보다 빠르군요.

리슈발트가 말했다. 성준도 같은 생각이었다. 평양을 초토화시키고 북한에 큰 피해를 입힌 겨울 군주를 처치했으니 어떤 방식으로든 장운과 만나게 될 것으로 생각하고 있었다. 하지만 그게 조금 빨랐다.

"지금 여기로 오고 있다는 말입니까?"

"예, 10분 안에 도착하실 겁니다."

"알겠습니다. 참고하게 있겠습니다."

성준의 대답이 끝나고 정확히 10분의 시간이 지나갔다. 그동안 정수는 긴장되는 것인지 연신 시계를 확인하고 있었다. 그러다 성준은 자신의 숙소를 향해 다가오는 다수의 인기척을 느낄 수 있었다.

'생각보다 수가 많네.'

이윽고 기척이 가까워졌다. 문이 열리고 장운이 안으로 들어왔다. 대부분의 수행원은 밖에서 대기했다. 장운은 헌터로 보이는 군인 3명과 함께 안으로 들어왔다.

"이게 누구야? 평양의 구원자인 강성준 아닌가?"

"반갑습니다. 위원장님."

성준은 내키지 않았지만, 최대한 예의를 갖췄다. 그는 먼저 상대방의 기분을 나쁘게 하는 성격은 아니었다.

반면에 장운은 성준을 보자마자 말을 놓는 것은 물론이고 과도하게 친밀한 척을 하는 모습을 보였다. 성준은 그게 마음에 들지는 않았지만, 일단은 넘어가기로 했다.

"그래, 숙소는 편하고?"

"예."

성준이 대답했다.

그러자 장운은 만족스러운 표정으로 고개를 끄덕이며.

"하하하! 다행이군! 사실 내가 부하들한테 신경 써달라고 했었지."

"감사합니다."

생색내기였지만 성준은 기분 좋게 받아들이기로 했다. 장운은 여자 이야기와 여러 시시한 이야기로 화제를 이어가더니 별안간 심각한 표정으로 입을 열었다.

"어때?"

"뭐가요?"

"우리 공화국으로 오지 않겠어? 모든 걸 가지게 해줄 수 있다, 내가."

장운은 그의 성격답게 직설적으로 말했다.

그러자 성준의 눈빛이 변했다.

"망명 제안이라면 거절하겠습니다."

"아니, 조건도 듣지 않고 너무 한 거 아냐?"

"괜찮습니다."

성준은 단호하게 대응했다. 돈을 많이 준다고 해도 북한의 구조는 장기적으로 볼 때 좋지 않았다.

"그렇다면 어쩔 수 없네……. 그래도 파티는 참석할 거지? 내가 특별히 준비했거든."

겨울 군주를 잡았다고는 하지만 평양이 초토화되었다. 그런 상황에서 파티를 연다고 말하는 장운의 모습을 보며 성준은 고개를 젓고 싶었지만 참았다.

"나쁘지 않을 것 같네요. 참석하겠습니다."

어차피 정산이 끝날 때까지는 북한에 있어야 했다. 그동안에 귀찮은 일이 발생하는 것을 막기 위해서는 파티 정도는 참석하는 게 좋겠다는 생각도 들었다.

"좋아! 이 친구 놀 줄 아네! 내일 오후 6시에 사람을 보낼 거니까 꼭 와!"

장운은 결과가 만족스러운 듯 입가에 미소를 머금은 채 손을 흔들며 출구로 발걸음을 옮겼다. 대기하고 있던 수행원이 문을 열자 장운은 나가려다가 말고 발걸음을 멈췄다.

그리고 성준의 옆에서 대기하고 있던 정수를 보며 입을 열었다.

"리 상좌는 안 가나?"

"예, 정산 관련 문제로 보고드릴 게 있어서요."

"그래? 그럼 수고."

손을 흔들며 성준의 숙소를 떠나는 장운의 뒷모습을 보며 정수는 절도 있게 경례했다. 이윽고 문이 닫히고 기척이 멀어진 것을 확인한 정수는 성준을 보며 심각한 표정으로 입을 열었다.

"잠시, 감시 장비가 있는지 확인하겠습니다."

그는 품속에서 뭔가를 꺼내 주변을 스캔했다.

"감시 장비는 없는 것 같네요."

"갑자기 무슨 일입니까?"

성준이 물었다.

감시 장비는 없다는 결과가 나왔지만 그럼에도 불구하고 불안한 것인지 그는 주변을 한 차례 살피더니 차분한 표정으로 입을 열었다.

"내일 파티에서 술을 마시지 마십시오. 연구총국에서 개발한…… 헌터들에게 통하는 독을 탈 거라는 정보를 입수했습니다. 독에 중독되면 죽지는 않겠지만, 전투력이 크게 약화될 겁니다."

"무슨 상황인지 알 것 같네요."

성준은 침착했다. 장운이 회유를 실패했을 때 바로 포기하고 파티 참석을 제안했을 때부터 이런 배경이 숨어 있다는 것 정도는 쉽게 예상할 수 있었다. 그렇지만 화가 나는 것은 어쩔 수 없었다.

하지만 한 가지 의문이 있었다.

"그런데 저한테 이걸 말해주는 이유라도 있습니까?"

권력 암투가 뻔했지만, 성준은 모르는 척 물었다.

"평양을 구해준 것에 대한 인민무력부장님의 선물입니다."

"그것뿐?"

"강성준 헌터님이 생각하시는 게 있다면 아마 맞을 겁니다."

정수의 대답에 성준은 입꼬리를 끌어 올렸다. 솔직한 점이 마음에 들었다.

"나한테 원하는 게 있다면 지금 말하세요."

성준이 말했다.

나중에 생색내는 건 별로 좋아하지 않았다.

"말씀드렸다시피 선물입니다. 다른 원하는 게 있다면 이번 일에 인민무력부는 개입하지 않았다는 걸, 그리고 강성준 헌터님에게 우호적이라는 사실을 알아주셨으면 합니다."

"그건 어렵지 않습니다. 제가 기억해두도록 하죠."

성준은 대답과 함께 고개를 끄덕였다.

"그건 그렇고 독은 술에만 타는 겁니까?"

"네. 김장운 위원장이 비싼 술이라면서 꺼내는 술이 하나 있을 겁니다. 거기에 독을 탈 계획이라는 정보를 입수했습니다."

"동원되는 S급 헌터들의 수는 몇 명입니까?"

"김장운 위원장 직속의 호위사령부 소속 1명입니다."

정수가 대답했다.

보유하고 있는 S급 헌터들의 수도 많지 않았었는데 겨울 군주를 막느라 류철성을 포함해 S급 헌터 여럿이 목숨을 잃었다. 그래서 북한의 S급 헌터 전력은 단 한 명 남아 있었다.

"다만, A급 헌터의 수가 제법 많은 걸로 알고 있습니다. 헌터가 아닌 일반 군인들도 동원될 거라고 합니다."

현대 무기는 마물에게는 통하지 않지만 헌터를 죽일 수는 있다. 그래서 정말 많은 군인들을 동원한다면 수준 높은 헌터를 죽이는 것도 어려운 일은 아니었다.

"그건 걱정하지 않아도 됩니다. 다 죽이면 되니까."

"그럼 저는 이만 가보겠습니다. 너무 늦어도 의심을 받을 수 있습니다."

그가 떠나고 다음 날이 되었다.

성준은 파티장으로 향하면서 리슈발트에게 말했다.

"가자, 리슈발트. 폭렙할 시간이다."

잠시 후 호위사령부 소속으로 보이는 군인이 성준을 파티장으로 안내했다.

"위원장 동지께서 기다리고 계십니다."

피난을 위한 지하에 파티장 시설이 갖춰져 있다는 사실에 성준은 놀랄 수밖에 없었다.

"도착했습니다."

10분 정도 걷자 점차 주변이 화려해지는 게 느껴졌다. 20분 정도를 분주하게 걸었다. 그들은 어느새 화려하고 거대한 문을 앞에 두고 있었다.

"들어가시면 됩니다. 조금 있으면 위원장 동지께서 오실 겁니다."

군인은 짧게 경례한 뒤, 성준에게서 멀어졌다. 그러자 입구를 지키고 있던 군인 2명이 문을 열었고 성준은 파티장 안으로 들어갔다.

-상당히 넓군요.

리슈발트가 말했다. 그의 말대로 내부는 지하라는 게 믿기지 않을 정도로 넓고 화려했다.

곧 그에게 묘령의 여자가 다가오며 입을 열었다.

"강성준 씨죠?"

-헌터는 아니지만, 근육의 발달 상태를 보니 살상 기술을 익힌 것 같습니다.

리슈발트가 설명했다.

눈앞에 사람이 있어서 동조하지는 않았지만, 성준도 같은 생각이었다. 살상 기술을 익힌 여자를 붙였다는 사실에 성준은 벌써 기분이 나빠오는 것을 느꼈다.

"이쪽으로 오세요."

성준의 속마음을 모르는 것인지 그녀는 사근사근하게 웃으며 지정된 좌석으로 안내했다. 성준이 의자에 앉자 리슈발트는 그의 주변을 맴돌며 주변을 살폈다.

-포위당하기 쉬운 자리입니다. 다른 자리로 옮기는 게 좋지 않겠습니까?

"중독당하지만 않으면 전부 박살 낼 수 있어. 그러니까 걱정할 필요 없어."

안내를 했던 여성이 잠시 자리를 비운 덕분에 성준은 리슈발트의 말에 대답할 수 있었다.

이번 일에 동원되는 호위사령부 소속 이능화 군단은 겨울군주 때문에 류철성을 포함해 뛰어난 헌터들을 많이 잃었다.

'리정수 상좌는 이번 일에 동원되는 S급 헌터가 1명이라고 했어…… 그게 사실이라면 충분히 이길 수 있다.'

성준은 생각을 정리했다. 북한에서 가장 실력 있는 헌터인 철성은 죽었다. 남아 있는 호위사령부의 S급 헌터가 누구인지는 몰랐지만 싸우면 압도할 자신이 있었다. 지나친 자신감이 아니었다. 확신이었다.

-다수의 기척이 접근 중입니다. 저는 김장운 위원장이라는 거에 걸겠습니다.

"나도 그렇게 생각해."

성준은 아주 작은 목소리로 대답한 뒤, 출입구를 향해 시선을 옮겼다. 문이 열리고 다수의 수행원이 달려 나와 길을 열자 북한의 독재자, 김장운 위원장이 천천히 걸어 들어왔다.

모두가 자리에서 일어나 박수를 쳤지만, 성준은 자리를 지켰다. 군부 인물로 보이는 몇 명이 노려보았지만, 성준은 조금도 움직이지 않았다.

장운이 바로 옆에 온 뒤에야 일어나서 그를 맞이했다.

"신경 많이 썼으니까 즐겨!"

그리고 파티가 시작되었다.

성준의 옆에는 처음 그를 맞이했던 묘령의 여성이 앉아서 술을 따랐고 중앙의 무대에서는 공연이 시작되었다. 비싸 보이는 술과 요리가 식탁 위에 차려졌다.

"성준 동생. 내가 아껴둔 술이 하나 있는데…… 한번 마셔보겠어?"

공연의 열기가 고조되고 성준도 술을 꽤 마신 듯한 모습을 보이자 장운이 넌지시 말을 걸어왔다.

'리정수 상좌가 말한 그건가?'

자신을 감히 중독시켜서 죽이려고 하다니!

화가 치밀어 올랐지만 침착한 표정으로 입을 열었다.

"아껴둔 술이요?"

"그래. 77병만 만들어진 아주 비싸고 귀한 술이야."

장운은 들뜬 목소리로 말했다.

성준이 술을 잘 마시는 모습을 보고 당연히 마실 것이라 생각하고 있었다. 대화를 나누는 이 순간에도 성준은 술잔을 비웠고 옆의 여성이 술을 따르고 있었다.

성준이 그 술을 마시는 사이 장운은 수행원을 시켜서 술을 가져오게 했다. 이윽고 수행원은 한눈에 보기에도 고급스러워 보이는 양주 케이스를 들고 왔다.

"한 번 마셔볼래?"

장운이 물었다.

그의 입가에 싸늘한 미소가 번졌다. 성준의 예리한 시선은 그것을 놓치지 않았다.

"빛깔이 아주 예쁘네요. 한 잔만 주시겠습니까?"

"좋아! 내가 직접 따라줄게!"

성준의 말에 장운은 호탕하게 웃으며 술을 따르기 시작했다. 빈 술잔이 채워지면서 장운의 입가에도 숨길 수 없는 미소가 점차 번졌다.

리슈발트는 성준이 들어 올린 술잔을 유심히 살피더니 입을 열었다.

-푸른창 트롤의 독입니다. 마력로를 꼬이게 만드는 효과가 있는데 주군이라면 꼬인 마력로를 여는 방법을 알고 계시잖습니까? 마셔도 문제없습니다.

푸른창 부족은 성준도 알고 있는 트롤 부족이었다. 리슈발트의 말대로 그들은 마력로를 꼬이게 만드는 독을 쓰는데 이것은 해독법만 알고 있으면 간단한 마력 운용만으로 꼬인 마력로를 뚫을 수 있다.

다만 이계에서는 해독법이 널리 알려져 있지만, 지구에서는 푸른창 트롤이 레이드에서만 가끔 출현하기 때문에 해독법이 알려지지 않았다.

"잘 마시겠습니다."

성준은 여유로운 표정으로 술잔을 비웠다. 예상대로 마력로가 꼬이기 시작했다. 성준이 인상을 찌푸리자 장운의 입가에는 미소가 번졌다.

"잠시 화장실 좀 다녀올게. 잠깐만 혼자 마시고 있어, 성준 동생."

전투가 벌어질 곳에서 멀어지겠다는 속셈이었다. 이제 그가 안전한 곳으로 모습을 감추면 공격이 시작될 게 뻔하기 때문에 성준은 마력 운용을 통해 꼬인 마력로를 뚫었다.

1분 만에 완전히 뚫는 것에 성공했지만 적들을 속이기 위해 어딘가 불편해 보이는 표정은 숨기지 않았다.

-훌륭한 연기입니다. 주군!

리슈발트가 감탄할 정도의 연기력이었고 파티장에 모인 사람들은 속아 넘어가고 있는 것 같았다. 파티장에 모여 있는 사람들은 저마다 서로 시선을 교환했다. 눈동자 움직이는 소리가 들리는 것 같은 착각이 들 정도였다.

그리고 살기가 느껴졌다. 아주 희미했지만 살기에 예민한 성준의 감각을 속일 수는 없었다. 그리고 가장 가까운 살기는, 바로 옆에서 흘러나오고 있었다.

그렇게 생각한 순간이었다.

"슬로우!"

마법계 헌터로 보이는 누군가 벌떡 일어나더니 성준에게 슬로우 마법을 걸었다. 마력의 유동으로 볼 때 A급 헌터가 분명했다. 그리고 슬로우 마법이 먹혔다는 걸 확인한 순간 옆에서 술을 계속 따라 주었던 여성이 젓가락으로 성준의 목을 노렸다.

"기다리고 있었어."

성준은 마력을 방출하여 슬로우 마법을 구성하는 마력을 강제로 밀어냈다.

"슬로우 마법이 해제되었어?"

"중독된 게 아니었나?"

호위사령부 소속의 헌터들은 당황했고 성준은 자신의 목을 노린 여성의 팔을 붙잡고 비틀었다.

"꺄아아악!"

여성은 비명을 내질렀다. 훈련받았다고는 하지만 극심한 고통을 견디기는 쉽지 않았다. 성준은 단순히 비트는 것에서 멈추지 않고 그 상태에서 심장에 검을 찔러 넣었다.

"플랜 B다! 총원 전투 돌입!"

지휘를 맡은 호위사령부 소속의 지휘관이 명령했다. 축구장 넓이만 한 거대한 파티장에 모여 있는 수천의 군인들이 모두 적으로 돌변했다. 헌터들도 100명은 넘는 것 같았다.

"사격!"

가까운 곳에 있는 군인들이 성준을 향해 자동소총을 갈겼다. 후방에서는 로켓포와 함께 공격 마법이 쏟아졌다.

"실드."

성준은 '용의 가호'에 붙어 있는 옵션 스킬을 사용해 방어했다. 그 어떤 공격도 S급 아이템이 구현한 마력 역장을 뚫지 못했다.

"갈겨! 갈겨버려!"

"소용없습니다! 뭔가가 총탄을 막아내고 있습니다!"

"이것이 S급 헌터라는 말인가?"

모두가 경악했다. 총탄이 쉽게 먹히지 않을 것이라고 생각했지만 설마 헌터들의 공격 마법도 이렇게 쉽게 막힐 것이라고는 생각조차 하지 못했다.

"멈추지 마! 놈도 분명 마력을 소모하고 있다! 바닥을 보일 때까지 갈겨!"

누군가 외쳤다.

하지만 성준은 여유로웠다. 분명 마력을 소모하고는 있었지만, 이곳에는 마력을 보충할 수 있는 건전지 같은 것들이 많았고 이대로 가만히 있을 생각도 없었다.

그는 실드를 사용한 상태에서 고속 이동술을 펼쳤다.

"사격 중지! 아군 사격의 위험이 있다!"

"사격을 중단해!"

평범한 군인들은 S급 헌터의 고속 이동을 따라 총구를 겨누는 게 힘들었다. 그래서 현명한 장교들은 부하 군인들에게 사격을 일시 중지할 것을 명령했다. 이대로라면 같은 편을 쏠 위험이 있었고 성준은 그것을 노리고 있었다.

"어, 어디야!"

"보이지 않았어!"

성준의 움직임을 쫓지 못한 이들은 호위사령부 소속의 헌터들 또한 마찬가지였다.

"멍청이들아! 저기다!"

S급 헌터인 박태용 대좌가 소리친 뒤에서야 헌터들은 뒤늦게 대응했지만 이미 성준은 그들의 중심에 파고든 뒤였다.

"폭풍검."

진혁이 나지막이 시동어를 말하며 검을 휘두르자 사방에 200개의 검풍이 휘몰아쳤다.

"크아악!"

"으아악!"

헌터들이 붉은 피를 흩뿌리며 쓰러졌다. 검풍은 오러보다 절삭력이 약했지만, 워낙 갑작스럽고 예상하지 못한 공격인 탓에 대부분이 대응하지 못했다.

"흡수."

일격으로 20명 이상의 헌터를 죽인 성준은 '흡수'를 통해 체력과 마력을 회복했다.

"박태용 대좌! 자네가 나서게!"

별이 있는 계급장을 달고 있는 장군이 다급하게 외치자 높은 천장에서 소검을 들고 검은 옷을 입은 남자가 성준을 향해 빠른 속도로 낙하했다.

그는 부드러운 착지와 동시에 성준의 목을 노리고 소검을 휘둘렀다. 오러가 실려 있는 검격이었기 때문에 성준은 마찬가지로 오러가 깃든 검을 들어 올려 방어했다.

"회복계라고 알려져 있던 건 역시 위장이었나? 제법이군."

태용이 말했다.

성준은 싸늘한 미소를 머금은 채 입을 열었다.

"싸우고 있는데 원래 그렇게 말이 많아?"

"도발은 통하지 않는다."

태용은 날렵한 움직임으로 거리를 좁히며 소검을 내찔렀다. 한 번의 찌르기였지만 5개의 잔상이 남을 정도로 빠르게 여러 번 공격하는 특이한 기술이었다.

하지만 전생에서 특이한 적들을 많이 만나본 성준은 5번의 찌르기를 쉽게 막아냈다.

"이걸 막았어?"

태용은 경악했다. 방금 그것은 자신의 비장의 기술이었다.

하지만 그는 당황한 기색을 감추고 다음 공격을 이어갔다. 빠르고 연쇄적으로 이어지는 공격을 성준은 완벽에 가까운 검술로 막아냈다. 그 누구도 검술로 성준을 압도할 수는 없었다.

다른 헌터들은 전투에 끼어들 엄두도 내지 못했다. B급 보조계 헌터 한 명이 태용에게 헤이스트 버프를 걸어준 게 전부였다.

"그렇다면 이것도 막아봐라!"

빠르게 움직여 잔상을 남기며 성준을 교란시켰다. 동시에 등 뒤에 나타나 오러 참격을 날렸다.

"죽였나?"

오러 참격이 닿았다고 생각한 순간이었다.

"미안해. 그건 내 잔상이야."

성준은 차갑게 말했다.

오러 참격은 허공을 뚫고 지나쳤고 성준은 이미 태용의 뒤를 노리고 있었다.

"나도 비슷한 기술이 있어서 말이야."

성준은 마력을 끌어 올리며 입을 열었다.

"환영검."

오러를 머금은 수십 개의 환영검이 태용의 전신을 노렸다.

"이, 이런 괴물 같은!"

전신을 노리는 환영검의 수는 31개였다. 태용은 눈동자를 빠르게 움직여 간신히 검로를 읽어내는 것에 성공했지만 도저히 막아낼 수 있을 거라는 희망이 보이지 않았다.

짧은 비명을 남긴 그는 환영검에 전신이 처참하게 찢겼다.

"커헉!"

팔과 다리가 절단되고 처참하게 찢긴 태용이 힘없이 쓰러졌다. 하얀 대리석 바닥에 붉은 피가 고였다.

"박태용 대좌 동지가 당했습니다!"

"퇴각합니까?"

"중독되지 않을 것 같습니다!"

믿고 있었던 호위사령부 병력은 혼란에 빠졌다.

그들은 당연히 성준이 중독되었을 것이라고 생각했지만 그게 아니었고 만약의 상황을 대비해 대기하고 있던 박태용 대좌는 일반인들의 눈에 보이지도 않을 정도로 순식간에 죽어 버렸다.

"바보 같은 소리 하지 마라! 위원장 동지께서 아직 지하에 계신다는 말이다!"

박태용과 같은 대좌 계급의 장교가 퇴각하자고 말한 부하 장교를 호통쳤다. 승산이 없는 싸움도 위원장의 명령이 있다면 싸울 수밖에 없는 게 호위사령부 소속의 군인들이었다. 그들은 결사 항전의 각오로 승산 없는 전투를 이어갔다.

-마치 황제를 향한 과잉 충성으로 무장한 제국군 같군요.

수백 명을 베어도 끝없이 몰려오는 북한군의 모습에 리슈발트는 질린 얼굴로 말했다.

제국에는 한때 충성을 맹세했었지만, 결말이 좋지 않았다.

-드래곤 피어를 쓰는 게 좋지 않겠습니까?

"대부분 잡졸들이야. 마력은 아끼는 게 좋아."

성준이 대답했다.

간혹 섞여 있는 A급 헌터를 제외하면 모두 수준이 낮았다. 그들에게 '드래곤 피어'는 과했으며 마력 낭비였다.

한창 달려드는 북한군들을 썰고 있을 때였다.

쿵!

파티장 1층의 벽을 뚫고 뭔가가 튀어나왔다. 흙먼지가 가라앉자 그것의 모습을 볼 수 있었다.

"전차까지 동원한 건가……."

성준은 어이가 없다는 표정으로 고개를 저었다.

벽을 뚫고 나타난 것은 2대의 전차였다.

하지만 고속으로 이동하는 성준을 조준조차 하지 못했다. 그를 조준하기에는 포탑의 회전 속도가 너무 느렸다.

"슬래시!"

성준은 전차를 보며 오러 참격을 날렸다.

2대의 전차는 밀집해 있었던 탓에 한 번의 오러 참격에 2대 모두 파괴되었다.

"전차까지 파괴되었어!"

"도망쳐야 하는 거 아니야?"

믿었던 전차마저 허무하게 박살 나는 광경에 군인들은 모두 경악했다.

성준은 전장을 압도하고 있었다. 그가 지나가는 곳에는 피분수가 솟구쳤다. 너무나 빨라서 군인들은 조준조차 제대로 하지 못했다. 소수의 헌터들은 저항조차 못 하고 차례대로 쓰러졌다.

애초에 북한에서 준비한 수단은 '독'이었다. 그게 통하지 않은 시점에서 그들의 패배는 예정되어 있었다.

"이대로는 전멸입니다!"

"다, 닥쳐! 위대한 위원장 동지를 위해서 싸워라! 도망치는 놈은 처형이다!"

장교들은 권총을 뽑아 위로 쏘아내며 공포 분위기를 조성했지만 이미 호위사령부 병력은 패닉 상태였다. 그들은 성준과 싸우는 것보나는 자신의 뒤를 막고 있는 장교들과 싸우는 것을 선택하고 총구를 돌렸다.

"이, 이것들이……!"

장교들이 권총을 겨누려는 순간 이미 군인들은 방아쇠를 당겼다.

"크아아악!"

"으아아악!"

뒤를 막고 있던 장교들이 쓰러지자 살아남은 호위사령부의 병력 절반이 도망쳤다. 성준도 도망치는 자들까지 죽이지는 않았다.

장운에 대한 과한 충성심으로 무장한 호위사령부의 병력도 상황이 이 정도로 악화되자 견디지 못한 것이었다.

-정정하겠습니다. 제국군 정예부대와는 다르군요.

리슈발트는 자신의 생각을 고쳤다.

제국군 정예부대는 어떤 경우에도 후퇴 명령이 없으면 물러나지 않는다. 그게 제국의 무서운 점이었다.

성준은 마지막까지 버티던 헌터의 가슴에 검을 꽂아 넣었다. 그는 입 밖으로 붉은 피를 토해내며 쓰러졌다.

"흡수."

-동조율 47%입니다.

다시 동조율이 올랐다.

성준은 역시 같은 헌터를 죽이고 흡수하는 게 동조율 올리는 데 편하다고 생각하며 희미한 미소를 지었다.

"이제 대충 정리된 건가?"

성준은 고개를 들어 주변을 살폈다.

축구장과 비슷한 규모의 파티장 내부에는 시체로 가득했다. 살아서 숨 쉬고 있는 사람은 성준이 유일했다. 적들의 피로 몸을 물들인 채 주변을 살피고 있는 그 모습은 징벌을 위해 강림한 '수라'의 모습과도 닮아 있었다.

"힐."

성준은 마력을 소모하여 힐을 사용했다.

사방에서 총탄이 빗발치는 상태에서 다수의 헌터들을 상대하다 보니 상처를 입을 수밖에 없었다. 총에 맞지는 않았고 왼쪽 허벅지를 조금 깊게 베였지만 S급 헌터의 압도적인 '힐'로 순식간에 회복했다.

-누군가 옵니다.

"그래. A급 헌터인 것 같아."

리슈발트가 말했다. 성준도 기척을 읽었기에 대답과 함께 고개를 끄덕였다.

파티장 안으로 들어온 남자는 성준에게 장운의 계획에 대해 알려준 리정수 상좌였다.

"시원하게 쓸어버리셨네요."

"친한 사람이라도 있었습니까?"

성준이 물었다.

생각해 보니 같은 북한군이니까 동료가 있을 수도 있다고 생각되었다. 그러나 정수는 고개를 저으며 입을 열었다.

"저는 인민무력부 소속이고 이번 일에 동원된 이들은 호위사령부 소속입니다. 두 집단은 철저하게 분리되어 있기 때문에 친한 사람은 없었습니다."

"그렇다면 다행이네요."

성준은 옷에 묻은 피를 대충 털어냈다. 사제복은 아이템이어서 그런지 피를 머금은 듯하다가 가볍게 털어내자 물들었던 피가 금세 빠져나갔다.

"마침 잘 왔어요. 김장운 그 새끼 어디 있습니까?"

성준이 말했다.

장운의 이름을 입에 담은 순간 화가 치밀어 올랐다. 감히 자신을 죽이려고 했다. 살려둬서는 안 될 놈이었다.

"그걸 알려드리기 위해서 찾아왔습니다. 김장운 위원장은

128 스트리머스터 할머님 5

최종제한구역에 숨어 있습니다."

"최종제한구역?"

"예, 이 지하에서 가장 깊숙한 곳에 있는 벙커입니다. 가는 길에 다수의 병력이 배치되어 있지만, 강성준 헌터님이라면 쉽게 돌파할 수 있을 겁니다."

정수가 말했다.

그와 인민무력부장 리해성의 입장에서는 성준이 김장운을 죽여야만 했다. 그래야 위원장이 없어진 북한을 인민무력부가 장악할 수 있다.

"공짜로 처리해 달라는 건 아니지? 내가 김장운을 죽이는 건 너희한테도 이득이 가는 일이잖아."

성준이 말했다

그는 자신의 복수를 진행하면서도 이득을 챙길 수 있다면 챙기는 사람이었다.

"인민무력부장께서 김장운이 약속한 대로 마정석을 지급하기로 하셨습니다."

"그 정도면 충분하지."

정수의 대답에 성준의 입가에 미소가 번졌다. 장운과 틀어진 지금 마정석을 지급 받지 못하는 상태가 되었는데 인민무력부장 리해성이 지급을 약속했으니 안심이었다.

"안내하세요. 오늘 돼지 잡습니다."

정수는 고개를 한 차례 숙인 뒤, 앞장서서 최종 제한구역으로 안내했다. 가는 길에 호위사령부 소속의 병력이 배치되어 있었지만 모두 성준의 상대가 되지 못했다.

"여기인가?"

성준의 앞에는 거대한 콘크리트 벽이 있었다.

"예, 지금 잠금을 해제하기 위한 암호 부대가 오고 있습니다."

두께를 알 수조차 없는 두꺼운 콘크리트 벽을 여는 것은 쉬운 일이 아니었다. 그래서 정수는 암호 부대를 호출했지만, 성준은 고개를 저으며 입을 열었다.

"그럴 필요 없습니다. 제가 해결할게요."

성준은 '발트거의 차원 주머니'에서 '안벨의 만능열쇠'를 꺼냈다.

"아이템입니까?"

정수가 호기심 어린 눈빛을 보냈다.

성준은 대답 대신 고개를 끄덕이며 열쇠를 인식기에 가져갔다. 마력을 주입하자 열쇠에서 시작된 푸른빛이 인식기를 뒤덮었다.

삐빅.

기계음과 함께 인식기가 반응했다. 인식기는 전자기기였지만 예상대로 만능열쇠가 통했다. 두꺼운 콘크리트 벽이 천천히 열리기 시작하면서 내부의 모습이 드러났다. 안에는 넓고

긴 통로가 있었다.

그리고 헌터 3명이 포함된 22명의 군인이 문이 열리기 무섭게 성준과 정수를 향해 총격을 가했다.

"하앗!"

정수는 옆으로 몸을 날려 회피했고 성준은 빠르게 검을 휘둘러 총탄을 모두 베어내며 앞으로 고속 이동술을 펼쳤다. 순식간에 거리가 좁혀지고 총구는 성준의 움직임을 따라가지 못했다. 헌터들이 개입을 시도했지만, 그들이 마력을 끌어올렸을 땐 이미 성준이 파고들어 검을 휘두르고 있었다.

"커헉!"

"크아악!"

가장 먼저 헌터들의 목이 달아났다. 그다음으로 자동소총으로 무장한 군인들이 피를 쏟으며 쓰러졌다. 22명을 처치하는 데 1초가 걸리지 않았다. 그야말로 순식간이라는 말이 어울릴 정도였다.

"대단하십니다. 도저히 제 눈으로는 무슨 일이 벌어졌는지 알 수 없었습니다."

정수도 A급 전투계 헌터였지만 성준의 경지는 가늠할 수 없을 정도였다.

이미 그는 동조율 45%를 초월하면서 웬만한 S급 헌터는 전투에서 압도할 수 있게 되었다. 레이팅 점수만 높았다면 10위

안에 진작 진입했을 것이다.

"계속 안내를 부탁합니다."

성준의 요청에 정수는 대답 대신 고개를 끄덕이더니 앞장섰다. 길목마다 병력이 배치되어 있었고 함정까지 설치되어 있었지만 그를 막지는 못했다.

마침내 강화 철문 앞에 도착했다.

"안에 김장운 위원장이 숨어 있습니다."

정수가 말했다.

성준은 강화 철문으로 다가갔다. '안벨의 만능열쇠'를 사용하고 싶었지만 조금 전에 콘크리트 벽을 여느라 내장 마력을 전부 소진했다.

-생각보다 두껍지 않습니다. 오러를 쓰면 절단할 수 있습니다.

리슈발트가 강화 철문을 살핀 끝에 말했다. 성준은 오러가 깃든 검을 휘둘러 강화 철문을 절단하고 안으로 들어갔다.

장운은 안에서 떨고 있었다.

"위원장 동지를 지켜라!"

장운을 보호하기 위해 헌터로 보이는 군인 4명이 움직였다. 느껴지는 마력으로 볼 때 모두 A급 헌터였다.

"파이어 스피어!"

마법계 헌터가 한 명 섞여 있었다. 날카로운 화염의 창이 성준의 가슴을 노렸다. 성준은 파마검으로 파이어 스피어를 베었다.

파마검에 의해 이등분된 파이어 스피어는 허공에서 허무하게 흩어져 소멸했다.

"마법을 베었어?"

"질풍검."

놀랄 틈도 없었다. 성준이 차분한 목소리로 시동어를 말하며 질풍검을 사용했다. 정면으로 돌진하며 검풍을 흩뿌리자 A급 헌터 1명이 힘없이 쓰러졌다.

"실드!"

다른 이들은 마법계 헌터가 가동한 실드 덕분에 목숨을 건졌다. 그들은 성준을 향해 합격진을 펼쳤으나 통하지 않았다.

"커헉!"

또 1명이 왼팔과 양다리가 절단되어 쓰러졌다. S급 회복계 헌터라도 오지 않는 이상 전투를 이어가기 힘들 것이다.

"윈드 커터!"

바람의 칼날과 함께 다른 헌터가 날카로운 오러 조각을 뿌렸다.

"오러 스프레이?"

하지만 성준은 당황하지 않았다. 지구에서는 흔한 능력은 아니었지만, 전생에 많이 겪어보았다. 그는 검을 휘둘러 남은 헌터 2명의 목을 베었고 그는 장운의 앞에 섰다.

"사, 살려줘……."

두려움에 떠는 장운을 보며 성준은 차가운 표정으로 입을 열었다.

"정찰총국에서 나에 대한 정보를 모은 것 같던데…… 그러면 아마 알고 있을 거야."

성준은 더 이상 예의를 갖추지 않았다. 장운은 자신을 죽이려고 한 '적'이었다. 그는 검을 들어 올렸다.

"나는 나를 죽이려고 한 '적'을 편하게 죽일 생각이 없거든."

그리고 벙커 안은 5시간 동안 고통에 찬 비명이 끊이질 않았다. 장운이 비명을 지를 힘마저 잃자 성준은 냉정하게 검을 휘둘러 그의 목을 쳤다.

4장
생각나는 사람

　설아는 신경질적인 발걸음으로 저택을 나와 자신의 차에 올
라탔다.

　오늘 그녀의 표정은 좋지 않았다. 저택에서 할아버지인 윤태
석 회장에게서 잔소리를 들었기 때문이었다.

　태석은 설아가 하루라도 빨리 성준을 청룡 그룹의 사람으
로 만들어주기를 바랐다. 설아도 성준에 대해 좋은 감정이 자
라나고 있었지만, 태석이 그런 말을 할 때마다 반항심 때문에
성준에 대한 알 수 없는 거부감이 들었다.

　'보고 싶다…….'

　그런 반발 심리에도 불구하고 가슴 속 깊은 곳에서 성준을
찾고 있었다. 그녀는 성준에게 연락하기 위해 스마트폰을 들

어 올렸지만 이내 깨닫고 말았다.

"지금 한국에 없지……."

설아의 눈동자에서 슬픈 감정이 새어 나왔다.

'혼자 술이나 마셔야겠다.'

지금 이 외로움을 달래줄 수 있는 것은 술뿐이다. 설아는 그렇게 생각했다. 그녀는 자신이 자주 가는 곳을 향해 차를 몰았다.

⚜

북한으로 올 때와는 달리 대한민국으로 돌아갈 때는 바쁘지도 않았고 운반해야 할 마정석도 매우 많았기 때문에 정부에서 군용 수송기를 1기 보내주었다.

"강성준 헌터님을 모실 수 있어서 영광이었습니다."

인민무력부 소속의 리정수 상좌는 성준을 보며 작별 인사를 했다. 정권이 교체되었다고는 하지만 북한과 대한민국의 관계를 생각해 보면 이제 두 사람이 만나는 일은 없을 것이다.

"언젠가 기회가 된다면 다시 만나기를 소망합니다."

"잊지 않겠습니다."

쉽지는 않겠지만 정수는 진심을 담아서 말했다. 성준도 수송기에 오르며 미소와 함께 대답했다.

그가 군용 수송기에 탑승하자 한국군이 장비를 동원해 마정석을 옮겨 실었다.

"마정석의 양이 생각보다 많습니다. 1시간 정도 더 걸릴 것 같습니다."

중사 계급의 부사관이 말했다. 성준은 고개를 끄덕인 뒤, 좌석에 앉아 창가로 고개를 돌렸다. 밖에서는 마정석을 운반하는 작업이 한창 진행 중이었다. 대한민국 공군에서 3대의 수송기를 보냈을 정도로 이번에 겨울 군주와 하수인 마물들이 드랍한 마정석의 양은 많았다.

'1시간 정도 걸린다고 했으니 조금 쉴까······.'

북한에서는 무슨 일이 벌어질지 모르는 상황이었기 때문에 언제나 약한 긴장을 유지하고 있었다. 지금도 북한 영토에 있지만 대한민국 공군의 수송기에 타고 있어서 그런지 정신적으로 안심되었다.

-출발하겠습니다.

스피커에서 조종사의 목소리가 들려오기 무섭게 성준을 태운 수송기가 활주로를 달렸다. 이윽고 비행장에서 이륙한 수송기 3대는 남쪽을 향해 비행했다.

수도권에 위치한 비행장 한 곳에 착륙할 때까지 시간이 얼마 걸리지 않았다. 도어가 열리고 성준이 가장 먼저 수송기에서 내렸다. 그러자 중위 계급의 장교가 다가왔다.

"차량이 대기하고 있습니다. 헌터 관리국까지 모시겠습니다."

옆을 보니 군용이 아닌 민간 차량 한 대가 대기 중이었다. 한 가지 의문이 있다면 목적지가 성준의 오피스텔이 아닌 헌터 관리국이라는 사실이었다.

"헌터 관리국으로 가야 할 이유라도 있습니까?"

"헌터 관리국에서 헌터님에게 용무가 있는 모양입니다. 그 이상의 내용은 전달받지 못했습니다."

중위가 성준의 질문에 대답했다.

그는 차량 쪽으로 성큼성큼 걸어가 문을 열었다. 헌터 관리국과는 좋은 관계를 유지하고 있고 편의를 많이 봐주고 있으니 피곤하지만 방문해 볼 생각이었다.

"타십시오."

중위가 말했다. 성준이 뒷좌석에 탑승하자 그는 조심스럽게 문을 닫고 조수석에 탑승했다. 모두가 탄 것을 확인한 운전사는 차량을 출발시켰다.

헌터 관리국과의 거리는 멀지 않아서 금방 도착할 수 있었다. 차에서 내리자 주차장을 서성이던 현성이 달려왔다.

"강성준 씨!"

"오랜만입니다."

성준은 미소를 지으며 그의 인사에 답했다.

"마지막으로 만나고 2주도 안 지났는데 오랜만이라니요."

"기분 탓인가 봅니다."

성준은 현성과 함께 본관을 향해 발걸음을 재촉했다. 대화가 잠시 끊기고 두 사람은 묵묵히 걸음을 옮겼다. 본관 1층에 도착한 순간이었다.

성준은 멈춰 서더니 현성을 보며 입을 열었다.

"저를 부른 이유가 무엇입니까?"

"일 때문에 이야기를 나누고 싶었습니다. 오피스텔 근처 카페에서 할 만한 이야기는 아니라서요."

현성의 설명에 성준은 고개를 끄덕였다. 그들은 옥상으로 올라갔다. 바쁠 시간이라서 그런지 사람들이 거의 없었다.

"이쪽으로 오시죠."

현성을 성준을 구석으로 안내했다. 구석은 한적한 옥상에서도 유난히 조용한 곳이었다.

"북한에서 고생이 많으셨다고 들었습니다."

"괜찮습니다. 그만큼 얻은 것도 있으니까요."

겨울 군주를 통해 드랍된 마정석을 모두 손에 넣었다. 매각하면 아무리 못해도 8천억 이상을 건질 수 있을 것이라 생각되었다. 이것만으로도 큰 수확이지만 무엇보다 겨울 군주 레이드에 참여하고 북한의 헌터들을 죽이면서 동조율을 47%까지 끌어 올린 것도 이득이었다.

"윗분들이 아주 좋아하고 계십니다. 조만간에 청와대에 초청받을 수도 있어요."

"청와대 초청이요?"

성준이 물었다. 청와대에서 자신을 초청할 이유가 있는지
궁금했다.

"북한의 김장운 정권을 무너뜨렸으니까요. 이전에 인민무력
부장을 맡았던 리헤성이 북한을 장악하고 위원장에 올랐습니
다. 확실한 건 모르지만 아마 김장운 정권보다는 안정적이고
대한민국에 우호적일 거라는 추측이 돌고 있습니다."

김장운 정권의 움직임은 예측하기 힘들었고 대한민국 정부
에 우호적이지 않았다. 그래서 청와대에서도 늘 고민이었다.
그런데 이렇게 시원하게 해결되어 버렸으니 성준에게 고마워
할 수밖에 없었다.

"잘된 일이라고 하니까 다행이네요."

성준이 말했다. 어찌 되었든 대한민국에 이익이 가는 행동
을 한 것이니 다행이었다.

"그나저나 북한에서 얻은 마정석들도 30% 추가 정산에 해
당합니까?"

성준이 질문했다. 가장 궁금했던 내용이었다.

"원칙적으로는 안 됩니다. 대한민국의 던전 및 헌터 관리국
의 관할이 아니기 때문입니다."

현성이 말했다. 어느 정도 예상했던 대답이었지만 실망스러

운 것은 어쩔 수 없었다.

작게 한숨을 내쉬는 성준을 보며 현성은 씨익 웃더니 입을 열었다.

"하지만 상부에서 이번만큼은 예외로 규정지었습니다. 30% 추가 정산을 받을 수 있습니다."

"정말이요? 듣던 중 가장 반가운 말이네요."

성준의 입가에도 웃음꽃이 피었다. 마정석을 30% 추가 정산까지 받은 상태에서 매각한다면 1조 원에 가까운 금액이 정산될 것이다.

헌터 시대가 되면서 S급 헌터들의 자산은 조를 넘어가고 있었다. 성준은 그저 뒤따르는 것에 불과했지만 1조를 넘는 재산을 보유하게 될지도 모른다는 생각을 하니까 감회가 남달랐다.

'아버지가 아시면 좋아하시겠는데……?'

수혁이 좋아할 생각을 하니까 성준도 기분이 좋았다.

'잠깐만, 1조가 생기면 아버지 치료 약 개발을 위해서 연구소를 하나 세우거나 하나 사도 되겠는데?'

성준의 머릿속에서 수혁의 치료를 위한 거대한 계획의 청사진이 그려지고 있었다.

"강성준 씨?"

현성이 그를 부른 뒤에서야 성준은 청사진을 그리는 것을 그만두고 현재에 집중할 수 있었다.

"네. 듣고 있습니다. 말씀하시죠."

"최대한 빨리 처리하겠지만 마정석 매각은 일주일에 걸쳐서 진행될 것 같습니다."

"생각보다 오래 걸리네요."

성준이 말했다. 대량의 마정석을 처리한다는 걸 감안해도 너무나 소모되는 시간이 너무 길었다.

그러자 현성은 어색한 웃음을 흘렸다.

"죄송합니다. 이번 주에 마정석 관련 부서에 일이 집중되어서요. 그래도 최대한 빨리 처리해 달라고 말해두겠습니다."

현성은 언제나 성준의 편의를 위해 노력해왔다. 그 사실을 알고 있기 때문에 성준은 별말 없이 고개를 끄덕였다.

"그리고 내일쯤 청와대에서 초청장이 갈 겁니다."

"연회 일정은요?"

"그건 확정되지 않았다고 합니다. 시간을 조금 주겠지만 이르면 당장 내일 진행될 수도 있습니다."

"그렇게 빨리요?"

성준은 조금 놀랄 수밖에 없었다. 내일은 너무 일렀다.

"어딜 가나 영웅이 한 명쯤은 필요한 법이죠. 강성준 씨는 그 조건을 충족시켰다고 생각합니다."

"저는 그저 '정당방위'했을 뿐입니다."

"과정은 누구도 관심을 가지지 않습니다. 중요한 건 결과죠."

성준은 현성의 말에 동의할 수밖에 없었다. 원래 인생은 그런 법이었다.

"그리고 마지막으로 전달할 내용이 하나 더 있습니다."

전달이 끝났다고 생각하고 옥상을 나오려고 하던 성준은 현성의 말에 발걸음을 멈췄다.

"북한에서의 레이드도 레이팅 점수에 포함 시키기로 최종 결정이 났습니다. 강성준 씨는 이제 S급 랭킹 7위입니다."

"그렇게 많이 올랐습니까?"

"대한민국의 경우와는 달리 북한에서는 겨울 군주 레이드에 참여했던 헌터들의 수가 극히 적었으니까요. 가산점이 조금 많이 붙은 것 같습니다."

현성은 설명하지 않았지만, 대부분의 S급 헌터들은 가끔 동급의 던전이 나타날 때만 공략하고 평소에는 놀고 있는 경우가 많았기 때문에 레이팅 점수의 변화가 거의 없었던 것도 한몫했다.

"신경 써 주셔서 감사합니다. 이제 전달 내용은 더 없는 거죠? 집에 가서 쉬고 싶네요."

"이런! 제가 시간을 너무 많이 뺏었네요. 죄송합니다. 이제 가보셔도 됩니다."

"수고하세요."

성준은 헌터 관리국에서 제공한 차량을 타고 오피스텔로

돌아왔다. 집 안에 들어서기 무섭게 그가 향한 곳은 침실이었
다. 푹신한 침대 위에 몸을 던지며 말했다.

"내일 아침 일찍 깨워줘."

-알겠습니다. 주군. 편히 쉬십시오.

충직한 영혼 부관, 리슈발트는 성준의 요청에 고개를 끄덕
였다. 성준은 그의 대답을 들으며 두 눈을 감았다.

북한에 있을 때는 긴장 상태였기 때문에 잠도 제대로 자지
못했다. 그는 두 눈을 감기 무섭게 깊은 잠의 세계로 빠져들었
고 다음 날 오전 7시에 리슈발트가 깨워서 간신히 일어났다.

아침 식사를 끝내고 아버지인 수혁과 통화를 한 차례 끝낸
그는 헌터 닷컴을 보면서 시간을 보내고 있었다.

[한국의 자랑스러운 헌터, 강성준이 돌아왔다!]
[이제 미사일 걱정은 안 해도 되겠네요.]

헌터 닷컴에서 성준을 언급하거나 관련 있는 게시글은 모두
우호적인 내용밖에 없었다. 게시글을 하나씩 읽는 성준의 입
가에 미소가 번졌다.

그가 헌터 닷컴을 끄고 점심 식사를 위해 1층으로 내려가려
는 순간이었다. 현성에게서 전화가 왔다.

"여보세요."

-김현성 팀장입니다. 강성준 씨, 청와대에서 초청장이 도착했습니다. 이유는 알 수 없지만, 저희 쪽으로 왔네요.

초청장이 헌터 관리국으로 간 걸 보니 아무래도 진행 과정에서 실수가 있었던 것 같았다.

-제가 지금 가서 전달하겠습니다.

통화가 끝나고 얼마 지나지 않아서 현성이 1층에 도착했다는 메시지를 보내왔다.

성준은 1층으로 내려가서 현성을 만났다.

"식사 안 하셨죠? 괜찮으시면 같이 점심이나 먹으면서 이야기하죠."

"저까지 신경 써주시고 감동했습니다."

그들은 근처에서 식사를 해결했다. 식사가 끝나고 나오면서 현성은 성준에게 고급스러운 금장 장식이 붙어 있는 봉투를 건네며 입을 열었다.

"청와대 초청장입니다."

청와대는 2번째 방문이었다. 처음 갔을 때는 마정검을 수여받았었다. 전국에 생방송 될 정도로 이목이 쏠렸기 때문에 색다른 경험이었다.

성준은 오피스텔 주차장에서 스마트폰을 하면서 청와대에서 보내준다고 한 차량을 기다렸다. 다른 사람 차를 타고 가는 게 제일 편하기는 했다.

"슬슬 올 때가 되었는데……."

이번에 성준의 수행을 맡은 행정관은 안경철이었다. 그가 메시지로 알려준 도착 예정 시간이 10분이나 지나서 연락을 해보려던 순간이었다.

성준의 앞에 차량이 하나 멈춰 서고 조수석에서 익숙한 얼굴의 남자가 내렸다. 짧은 머리에 정장을 입은 그는 청와대 행정관 안경철이었다.

"강성준 씨? 늦어서 죄송합니다. 교통 사정이 좋지 않았습니다."

경철이 말했다.

성준은 시간을 확인했다. 교통 사정이 좋지 않을 시간은 아니었지만, 그냥 넘어가기로 했다.

"괜찮습니다. 뒤에 타면 됩니까?"

"물론입니다. 바로 청와대로 모시겠습니다."

경철은 문을 열어서 성준이 뒷좌석에 편하게 탑승할 수 있도록 도와주었다. 그가 타고 난 후, 경철도 조수석에 탑승을 끝내자 운전사는 차량을 출발시켰다. 주차장을 나오기 무섭게 경찰 오토바이 2대와 검은 세단 2대가 따라붙어서 마치 대통령이 탑승한 차를 대하는 것처럼 수행했다.

"지금부터 도로를 통제하겠습니다."

조금 전에는 성준을 태우고 있지 않아서 불가능했지만, 지금은 가능했다. 도로가 완전히 열리고 경찰 오토바이 2대와 방탄 기능이 있는 검은 세단 2대의 수행을 받으며 청와대로 향했다. 오래 걸리지 않았다.

성준은 잠시 다른 생각을 하고 있었다. 정신을 차렸을 땐 청와대 내부로 들어가고 있었다.

"도착했습니다."

경철이 먼저 내려서 성준이 쉽게 내릴 수 있도록 뒷좌석의 문을 열었다. 성준은 차에서 내리며 주변을 살폈다. 2번째 방문에 불과했지만, 청와대는 볼 때마다 새로운 매력이 있었다.

"만찬장으로 안내해 드리겠습니다."

경철이 먼저 발걸음을 옮겼다. 그들은 대통령 관저 안으로 걸어 들어갔다. 깊숙이 들어갈수록 직원들의 수가 적어지고 경호원으로 보이는 이들의 수가 많아졌다.

-헌터들도 몇 명 있습니다.

리슈발트가 말했다. 청와대에 헌터가 배치된 것은 당연했다. 청와대라고 해서 레이드 상황이 발생하지 말라는 법은 없었다. 차원 관문이 열릴 때를 대비해서 청와대에도 헌터들이 배치되어 있다.

이들은 소속은 관리국, 경찰청 무장경찰국, 청와대 직속 등으로 다양했지만 정규군 소속이 아니므로 엄밀히 말하면 국제 조약에는 문제 될 게 없었다.

'헌터와 던전의 등장이 갑작스러웠던 만큼 국제 조약도 구멍이 많긴 하지…….'

성준은 국제 조약이 완벽하지 않다는 것을 알고 있었다.

차분한 표성으로 고개를 저으며 분주히 발걸음을 옮겼다.

"도착했습니다."

경철이 말했다. 그들은 대통령 관저에 붙어 있는 넓은 정원에 도착했다. 정원의 연못 옆에 커다란 테이블 하나가 마련되어 있었다. 테이블에 붙어 있는 의자는 3개였다.

성준의 시선이 경철에게 향했다.

"저와 대통령님, 그리고 나머지 한 자리는 누구죠?"

"이승태 총괄 국장님이 오실 겁니다."

경철이 대답했다.

"이승태 총괄 국장님이라면 헌터 관리국과 던전 관리국을 지휘하는 그분 맞죠?"

"맞습니다."

"그렇군요."

경철이 확답하자 성준은 고개를 끄덕였다.

승태를 직접 만난 적은 없었지만, 이야기는 많이 들었다. 헌터 쪽 관계자 중에 가장 높은 직급에 있다 보니 가끔 헌터 닷컴에 그와 관련된 게시글이 올라오기도 했었다.

"먼저 앉아서 기다려주시겠습니까?"

"저 오래 기다리는 거 싫어합니다. 최대한 빨리 와달라고 해주세요."

성준은 정중하게 요청했다.

경철은 고개를 끄덕이며 입을 열었다.

"그렇게 전달하겠습니다. 아마 5분 안에 오실 것으로 생각합니다."

경철의 말대로 대통령과 승태는 5분이 걸리지 않아서 정원의 만찬장에 모습을 드러냈다. 그래도 자국의 대통령이었기 때문에 성준은 북한에서 김장운을 대했던 것과는 달리 의자에서 일어나 가볍게 예의를 갖췄다.

대통령도 성준이 크게 예의를 갖추는 것을 기대한 것은 아니었던 모양인지 미소로 그를 반겼다.

대부분의 헌터들은 자존심이 강해서 윗사람에 대해 예의를 갖추는 게 부족했다. A급 이상의 헌터들은 그런 점이 더욱 강했다.

"강성준 씨는 예의가 참 바르네요."

대통령은 성준의 태도가 마음에 드는 모양이었다. 마정검 수여식 때는 사람들도 많고 여유도 없어서 가까운 곳에서 대화할 기회가 없었다.

"만나서 반갑습니다. 저는 총괄국장을 맡은 이승태라고 합니다. 마정검 수여식 때 참석했었는데 기억하십니까?"

대통령이 착석하자 승태가 다가와 반갑게 인사를 건넸다. 마정검 수여식 때 참석했었다는 승태의 말을 듣고 성준은 기억을 더듬어 보았지만, 그날 워낙 많은 사람과 대화를 나누었기 때문에 기억이 나지 않았다.

"하하하. 기억이 안 날 법도 합니다. 강성준 씨한테 관심을 보인 사람이 한 둘이 아니었으니까요."

성준은 기억이 안 난다는 표정이었지만 승태는 부드럽게 넘겼다. 그가 착석하자 마지막으로 성준이 의자에 앉았다. 그러자 정장을 갖춰 입은 남녀가 다가와 요리가 담긴 접시를 테이블 위에 올렸다.

"오늘 강성준 씨가 좋아할 만한 것들로 준비했습니다. 마음껏 즐기세요."

"감사합니다. 맛있어 보이네요."

성준은 미소를 지으며 대답한 뒤, 포크로 샐러드를 집어 먹었다. 실력 있는 요리사가 좋은 재료를 써서 그런지 맛이 좋았다.

식사가 진행되면서 메인 요리도 나오고 술도 가볍게 한 잔씩 마시면서 분위기가 좋아진 것 같아지자 승태가 조심스럽게 입을 열었다.

"강성준 씨. 혹시 정부와 일할 생각은 없습니까?"

그는 돌려 말하는 성격이 아니었다. 승태의 그런 점은 오히려 솔직하게 다가왔기 때문에 성준도 불쾌한 표정은 아니었다.

"무장경찰국과 관련된 일이라면 제가 정중하게 사양한 적이 있습니다."

성준이 말했다. S급 헌터가 된 직후, 무장경찰국 고위 간부 자리를 제안받은 적이 있었다. 전생의 기억 때문에 누군가의 밑에서 일하는 것을 좋아하지 않는 성준은 당연히 거절했었다.

"오해하신 것 같은데 무장경찰국 고위 간부직을 제안하는 게 아닙니다."

"그럼 관리국 직속 헌터를 말씀하시는 겁니까?"

"그것도 아닙니다."

승태는 고개를 저었다.

그런 그의 태도에 성준은 갑자기 궁금해졌다. S급 헌터가 활약할 수 있는 곳은 관리국이나 무장경찰국밖에 없다고 생각했다.

"설마 청와대입니까?"

성준은 지식을 총동원하여 추측해 보았지만, 이번에도 승태는 고개를 저었다.

"엄밀히 말하면 청와대라고 볼 수도 있지만…… 유감스럽게도 아닙니다."

"전 스무고개 같은 거 별로 좋아하지 않습니다."

성준이 말했다.

"많이 궁금해하시니까 알려드리겠습니다. 하지만 비밀로 해주셔야 합니다. 아직 기밀로 취급되고 있는 정보라서요."

다행히 승태도 돌려서 말하는 것을 별로 좋아하지 않았다. 다만, 기밀 등급 때문에 함부로 말하지 못한 것이었다. 그러나 기밀의 중요성보다 성준에게 호감을 얻는 게 더 이득이라고 판단한 것인지 승태는 차분한 표정으로 입을 열었다.

"강성준 씨도 어디선가 들어서 알고 계시겠지만 전 세계적으로 비밀 정보기관에 헌터들을 소속시키는 경우가 늘어나고 있습니다."

"들어본 것 같습니다."

강대국들이 헌터들로 구성된 무장 정보기관을 창설하거나 규모를 늘리고 있다는 것은 오래전부터 헌터 닷컴에서 떠도는 음모론이었다.

"대한민국에서도 그런 기관을 하나 만들 생각입니다."

"국정원이 있지 않습니까?"

성준이 물었다. 정확한 정보는 아니었지만, 국정원에도 헌터들로 구성된 팀이 있는 것으로 알고 있었다. 그들의 존재는 비밀이 아니었다.

"국정원으로는 부족합니다. 조금 더 적극적인 기관을 만들어야 합니다."

승태가 말했다. 그는 국정원으로는 한계가 있다고 생각하고 있었다. 대통령도 동의하는 것인지 조용히 고개를 끄덕였다.

"북한도 무너졌는데 군이 그럴 필요가 있겠습니까?"

북한은 치명적인 피해를 보았을 뿐만 아니라 대한민국에 우호적인 정권으로 교체된 상태였다. 그래서 성준은 군이 헌터들로 구성된 무장 정보기관을 새롭게 만들려는 게 이해가 가지 않았다.

"북한은 사실상 무너졌지만, 중국과 러시아가 있습니다. 국제 조약 때문에 헌터를 정규군에 소속시키지 못하니까 편법을 써서 무장 정보기관에 적극적으로 활용할 겁니다."

"하긴, 국제 조약이 허점이 많은 편이긴 하죠."

승태의 말에 성준은 고개를 끄덕였다.

"강성준 씨는 그 누구도 상상조차 못 했던 일을 해내셨습니다. 이건 대단한 겁니다. 무장 정보기관이 설립된다면 그 자리의 수장을 맡기에 충분하다고 생각됩니다."

침묵을 지키고 있던 대통령이 성준을 극찬하며 의견을 말했다.

"분명 북한에서 엄청난 제안을 했겠죠. 그 유혹을 견딘 것도 대단하다고 생각합니다."

승태가 말했다.

북한에서 제안하긴 했지만 엄청나다고 할 정도로 매력적인 건 아니었다. 그러나 성준은 자신의 가치를 높이기 위해 군이 설명하지 않았다. 적당한 오해는 도움이 되는 법이다.

"이번 일로 강성준 씨는 대한민국에 대한 애국심과 헌터로서의 실력을 증명한 겁니다."

"대통령님의 말씀이 맞습니다. 그래서 이번에 이런 결정을 내리게 된 겁니다."

대통령의 말을 승태가 받았다.

성준은 입가를 닦았다. 빈 접시가 치워지고 후식이 나오고 있었다. 그는 후식의 맛을 본 뒤, 차분한 표정으로 대통령과 승태를 보며 입을 열었다.

"조금만 더 설명을 해주시죠."

성준이 관심을 보이는 듯하자 승태는 미소를 지었다.

"대한민국에서 가장 강한 권한을 가진 정보기관이 될 겁니다."

승태의 말에 성준은 생각을 정리하기 시작했다. 국가 내에서 가장 강력한 권한을 지닌 정보기관이라는 말이 성준을 흔들리게 했다. 하지만 이내 고개를 저었다. 청룡 그룹의 지원을 받아 길드장이 되는 것과는 달리 무장 정보기관의 수장이 되더라도 대통령의 명령을 따라야만 한다. 그런 것은 원하지 않았다.

"죄송하지만 거절하겠습니다. S급 헌터들을 많이 봐오셨을 테니까 짐작은 하시겠지만, 저도 다른 사람의 밑에서 일하는 걸 별로 좋아하지 않습니다."

성준이 말했다.

누군가의 밑에서 일하는 걸 별로 좋아하지 않는다는 것은 S급 헌터들의 공통점이었다. 다만 미국과 러시아, 그리고 중국의 경우에는 대한민국보다 대우가 월등하게 좋기에 기관에 소속된 S급 헌터들의 수가 많았다.

"그래도 조건이라도 들어보시는 편이…… 마음이 변할 수도 있지 않겠습니까?"

"그럼 말해보세요."

성준이 고개를 끄덕이며 대답하자 승태는 조건을 말했지만 매력적이지는 않았다.

"죄송합니다. 역시 거절해야 할 것 같네요."

성준은 단호하게 말했다.

거절은 확실해야 한다. 그렇지 않으면 코가 꿰일 가능성도 있었다.

대한민국 S급 헌터 랭킹 13위, 광휘의 검 최은주.

그녀는 처음부터 A급으로 각성하면서 흔히 말하는 엘리트 코스를 밟았다. 그리고 정규 공략팀 '디케'를 만들면서 부와 명예를 얻었고 남부럽지 않은 삶을 살아왔다. 대한민국에서 몇 명 없는 S급 헌터가 된 그녀는 원하는 것이 있다면 무엇이든 손에 넣을 수 있었고 모나지 않은 성격 덕분에 인망도 두터웠다.

그런 그녀의 머릿속을 자꾸만 어지럽히는 존재가 한 명 있었다.

"성준 씨……."

그녀는 그의 이름을 입에 머금어 보았다. 간절한 마음이 담긴 목소리가 허공에서 이스리이 흩어졌다.

처음 만났을 때부터 호감을 느꼈었다. 그리고 그 감정은 이제 그녀의 마음을 장악할 정도로 커졌다.

'그래, 연락하자.'

사랑을 쟁취하려면 움직일 수밖에 없다. 은주는 그 사실을 다시 한번 자각하며 스마트폰을 집어 들었다. 성준의 번호는 이미 기억하고 있었기에 검색도 필요 없었다. 그의 번호를 입력한 뒤, 그녀는 메시지 버튼을 눌렀다.

때마침 성준은 청와대에서의 만찬을 끝내고 오피스텔로 돌아왔다. 완곡하게 거절 의사를 표시했지만, 다시 생각해 보니 여지를 남겨두는 게 좋을 것 같아서 그렇게 대답을 고쳤다.

돌아와서 생각해 보니 잘한 것 같았다.

-주군께서 여지를 남겨두신 건 신의 한 수였다고 생각합니다. 무장 정보기관을 주군께서 완벽하게 장악한다면 제국이 본격적으로 침공해 올 때 든든한 아군이 될 겁니다.

리슈발트가 말했다.

그는 모든 일에 신중하게 행동하는 타입이었다. 그의 그런 성격을 성준은 전생에서부터 좋아했다.

"신중한 게 좋긴 하지만 아무래도 애국심을 들먹이는 걸 보니까 수장을 맡는 건 별로 좋은 생각이 아니라는 생각이 드네. 차라리 청룡 그룹의 지원을 받아서 길드를 만드는 게 좋겠어."

일전에 설아를 만났을 때 길드를 만들어준다면 청룡 그룹에서는 지원은 해주겠지만 간섭은 없을 것이라고 확답을 받아두었다. 그래서 성준은 무장 정보기관의 수장을 맡는 것보다 청룡 그룹의 지원을 받아서 길드를 세우는 것을 생각하고 있었다.

-그런데 굳이 청룡 그룹의 지원을 받을 필요가 있겠습니까? 자금은 충분한 것으로 알고 있습니다.

"자금은 충분하지만, 길드의 입지를 생각하면 정치적인 지원은 받을 필요가 있어."

돈이면 다 되는 세상이지만 정치적인 지원이 있다면 호랑이에 날개를 단 것처럼 날아오를 수 있다. 대한민국은 정계와 재계의 관계가 긴밀하기 때문에 청룡 그룹도 정치 쪽에 라인이 잡혀 있을 것이라고 생각했다.

-무슨 말씀인지 이해했습니다.

리슈발트도 고개를 끄덕이는 것으로 성준의 의견에 동조했다. 세상에는 돈으로 안 되는 게 분명 존재했다.

"산책이나 할까?"

늦은 시간이었지만 잠이 오지 않았다. 성준은 리슈발트에게 산책을 제안했다.

-주군께서 원하신다면 부관으로서 당연히 따를 것입니다.

리슈발트의 내답에 성준은 미소를 지었다. 그는 가벼운 외투를 걸치고 오피스텔 근처의 공원으로 발걸음을 옮겼다.

하늘은 검게 물들어 있었고 그 흔한 별빛조차 찾아볼 수 없었다. 구름이 가린 달빛이 희미하게 공원을 비추고 있었다.

"공기가 좋네. 가끔 이런 것도 좋은 것 같아."

-가벼운 산책은 생각이 복잡할 때 머릿속을 정리하는 데 도움이 됩니다.

"그런 것 같아."

성준은 대답과 함께 고개를 끄덕였다.

넓은 공원을 가로질러 걸음을 옮기던 그는 벤치를 발견했다. 그곳에 앉아서 어두운 하늘을 올려다보고 있으니 스마트폰이 알림음을 내뱉었다.

'누구지?'

메시지를 주고받기에는 늦은 시간이었기 때문에 호기심이 생겼다. 그는 스마트폰을 들어 올려 메시지를 확인했다.

[성준 씨. 혹시 시간 있으면 오늘 저랑 만나주시겠어요?]

은주가 보낸 메시지였지만 상당히 늦은 시간이었기 때문에 성준은 눈살을 찌푸릴 수밖에 없었다.

[밤이 늦었습니다. 다음에 기회가 된다면 만납시다.]

성준은 단호하게 제안을 거절하고 오피스텔을 향해 발걸음을 옮겼다.

"죽어라!"

이계의 것이 분명한 언어. 동시에 전후좌우에서 날아오는 바람의 칼날에 성준은 눈동자를 바쁘게 움직여 모든 위험 요소를 정확하게 파악했다.

용족 마검사는 승리를 확신했다. 그의 입가에는 미소가 선명했다. 성준의 전후좌우를 노리는 바람의 칼날의 속도는 매서웠다.

"하앗!"

성준은 기합과 함께 대량의 마력을 방출했다. 마력 방출은 압도적인 양의 마력을 방출해서 마법을 방어하는 무식하고 비효율적인 방법이었다. 그러나 지금은 이 방법을 쓸 수밖에 없었다.

-현명한 판단이십니다!

리슈발트가 감탄했다.

성준이 진신에서 쏟아낸 마력이 바람의 칼날을 구성하고 있는 마력을 침식해서 무너뜨렸다.

"마력 방출이라고? 말도 안 돼!"

용족 마검사는 당황했다. 조금 전에 사용한 공격 마법은 상위 마법이었다. 마력 방출로는 막아낼 수 있는 마법의 한계가 분명했기 때문에 설마 이런 식으로 막힐 것이라고는 생각조차 못 했다.

"질풍검."

이제는 성준의 차례였다.

그는 기회를 잡기 무섭게 망설임 없이 질풍검을 사용했다. 그의 몸이 용족 마검사를 향해 총탄처럼 쏘아졌다.

질풍과 같은 찌르기와 동반한 검풍의 물결에 용족 마검사는 급히 마력을 끌어 올렸다.

"실드!"

방어 마법은 검풍을 막아냈지만 질풍검의 찌르기에는 관통당하고 말았다.

"커헉!"

성준이 내찌른 검은 용족 마검사의 심장에 정확하게 꽂혔다. 그는 붉은 피를 토해내며 비틀거렸다. 성준이 검을 뽑아내자 피가 분수처럼 솟구쳤다.

그는 검을 회수하는 대신에 왼손을 날렵하게 움직여 단검을 뽑았다. 그러고는 용족 마검사의 목을 베었다. 그는 목과 심장에 치명상을 입은 그는 더 이상 저항하지 못하고 힘없이 쓰러졌다.

-다음이 보스인 것 같습니다.

리슈발트의 보고에 성준도 고개를 끄덕이며 입을 열었다.

"보스는 S급 마물 둘인 것 같아."

-A급 던전의 보스로는 적당한 것 같군요.

"5분이면 둘 다 죽일 수 있을 것 같아."

성준은 강한 자신감을 내비치며 오래된 석문과의 거리를 좁혔다. 그가 기관 장치를 건들자 거대한 석문이 묵직한 소음과 함께 천천히 열렸다.

"슬로우!"

"라이트닝 스피어!"

석문이 열리기 무섭게 용족 마검사 둘이 모습을 드러냈다. 그들은 슬로우 마법을 거는 것과 동시에 성준에게 라이트닝 스피어를 내던졌다.

-주군!

리슈발트가 경고했다.

하지만 성준은 여유로운 미소를 잃지 않았다.

"문제없다."

그는 마력 방출로 슬로우 마법을 깨버렸다. 성준의 바로 앞에 꽂힌 라이트닝 스피어에서 전류가 방출되어 날뛰었지만, 성준은 이미 고속 이동술로 범위에서 벗어난 뒤였다.

"조심해! 마법을 상대하는 게 능숙하다!"

용족 마검사 한 명이 경고했다. 다른 한 명은 불꽃을 머금은 검을 휘둘렀다. 붉은 화염이 성준을 향해 날아갔다.

"느려."

붉은 화염의 참격을 회피했을 뿐만 아니라 용족 마검사의 뒤를 점령한 성준이 차가운 목소리로 말했다. 용족 마검사는 황급히 몸을 돌리며 대검을 휘둘렀다.

급하게 대검을 휘둘렀지만, 급소를 정확하게 노리고 있었다. 선명한 오러도 깃들어 있었다.

성준은 말없이 오러를 머금은 단검을 들어 올려 용족 마검사의 검격을 막아냈다. 그리고 검을 휘둘러 용족 마검사의 상체를 베었다.

"크악!"

짧은 비명과 함께 용족 마검사는 피를 흩뿌렸다. 그는 비틀

거리며 뒤로 물러났고 다른 한 명이 성준의 앞을 가로막았다.

"먼저 죽고 싶으면 그렇게 해줄게."

성준의 눈동자가 반짝였다. 그리고 마력을 끌어 올리며 입을 열었다.

"환영검."

"이, 이게 무슨!"

31개의 환영검이 소환되어 전신의 급소를 노리자 용족 마검사는 당황할 수밖에 없었다. 생전 처음 보는 검술이었기 때문에 대응할 생각조차 못 했다.

"커헉!"

그는 전신이 처참하게 찢겨 나가 목숨을 잃었고 상체에 치명상을 입은 용족 마검사 홀로 남게 되었다.

성준은 그를 향해 오러를 머금은 단검을 투척했다.

"큭!"

용족 마검사는 단검을 피했다. 상체의 상처가 벌어지면서 고통이 느껴진 것인지 그는 짧은 신음을 내뱉어야만 했다.

하지만 그가 정신을 차렸을 때는 성준이 이미 너무 가까이 접근한 뒤였다.

"빠, 빨라⋯⋯!"

S급 마물인 용족 마검사의 눈에도 보이지 않을 정도로 빨랐다. 접근을 인지했을 때 성준은 이미 검을 휘두르고 있었다.

"컥……!"

급히 뒤로 반걸음 물러났음에도 불구하고 복부가 깊이 베이고 피가 섞인 내장이 쏟아졌다. 이윽고 그는 힘없이 쓰러졌다.

"흡수."

체력과 마력을 흡수하자 용족 마검사들의 시체는 마정석을 남기고 사라졌다.

-공략 확인, 계측 완료. A급 던전을 클리어하셨습니다.

기계음과 함께 계측기가 반응했다. 성준은 차원 주머니에서 생수를 한 병 꺼내 순식간에 비우고는 리슈발트를 보며 입을 열었다.

"리슈발트. 혹시 동조율 올랐어?"

오늘은 11월 1일이었다. 그동안 거의 쉬지 않고 던전을 공략해 왔고 그 결과 동조율을 48%까지 끌어 올릴 수 있었다. 48%로 동조율이 오른 건 꽤 예전의 일이었기 때문에 성준은 리슈발트에게 질문을 하면서도 49%로 동조율이 올랐기를 간절히 바랐다.

-축하드립니다! 동조율이 49%가 되었습니다! 1%만 더 올리면 새로운 각성 던전에 출입할 수 있습니다.

리슈발트의 대답에 성준의 입가에 선명한 미소가 번졌다. 그동안 거의 쉬지도 않고 던전을 공략한 보람이 있었다.

"일단 던전에서 나가자."

성준은 기쁜 마음을 뒤로 한 채 던전에서 나오기 위해 출구를 향해 발걸음을 옮겼다.

"곧바로 1% 더 올리려다가는 토 나올 것 같아. 이제 며칠은 쉬어야겠어."

1시간 뒤, 출구가 보이기 시작하자 성준은 리슈발트를 힐끗 보더니 말했다. '흡수'로는 정신적인 피로를 풀 수 없다. 전생의 기억 덕분에 얻게 된 초인적인 정신력이 아니었다면 지금처럼 쉬지 않고 던전을 공략하지 못했을 것이다.

-현명한 판단입니다. 휴식은 언제나 중요합니다.

리슈발트는 고개를 끄덕이며 말했다. 그는 언제나 휴식의 중요함을 강조했다.

-휴식 계획은 따로 있으십니까?

"돈이 충분하니까 경매장이나 가볼까 생각 중이야. 각성 던전 가기 전에 전력도 보강할 겸."

리슈발트의 물음에 성준이 대답했다. 북한에서의 마정석을 매각하면서 지금 수중에 1조 3천억 원이 넘는 돈이 있었다. 성준은 이 돈을 경매장에서 감정 불가 아이템을 낙찰받는 데 쓰기로 했다. 감정 불가 아이템 중에서는 높은 확률로 강력한 아이템이 존재했다.

-좋은 생각이십니다.

이윽고 지상으로 올라온 그는 차를 타고 던전 관리국에 방문하여 마정석을 매각했다. 그리고 곧장 VIP 경매장으로 향했다.

-바로 가시는 겁니까?

리슈발트가 물었다.

성준은 입가에 미소를 그린 채 입을 열었다.

"빠를수록 좋다고 생각해."

그냥 가는 것보다는 오랜만에 정철에게 연락 정도는 해두는 게 좋을 것 같다고 생각되었다. 그래서 성준은 차에 탑승한 뒤, 시동을 걸기 전에 그에게 VIP 경매장으로 가고 있다는 메시지를 보냈다.

이윽고 스마트폰이 메시지가 도착했음을 알려왔다. 신호등이 붉게 빛나고 차를 멈췄을 때 성준은 메시지를 확인했다.

[VIP 경매장에도 제 사무실이 있습니다. 주차장에서 기다리고 있겠습니다.]

정철이 보낸 메시지였다. 그는 도혁의 일이 있었던 이후부터 성준에게 강한 호감을 가지고 움직였다.

성준은 얼마 지나지 않아서 서울역 주차장에 도착했다. 지상에는 서울역이라는 커다란 역이 자리 잡고 있었지만 숨겨진 문을 통해 들어갈 수 있는 깊은 지하에는 VIP 경매장이 있었다.

"지금 서울역입니다."

성준은 주차를 끝낸 직후 정철에게 전화를 걸었다. 서울역과 관련된 주차장은 많았다. 그래서 연락을 취할 필요가 있었다.

-빨리 오셨네요.

정철은 의외라는 듯한 목소리로 말했다. 퇴근 시간이 겹쳤기 때문에 조금 늦을 것이라 생각한 것이었다.

"저번에 만났던 곳입니다."

-저도 근처에 있습니다. 지금 가겠습니다.

다행히 두 사람은 가까운 곳에 있었다. 성준은 스마트폰으로 헌터 닷컴을 보면서 정철을 기다렸다.

"강성준 씨!"

5분이 지나지 않아서 익숙한 목소리가 들려왔다. 기척이 느껴지는 곳으로 고개를 돌리니 정철이 달려오고 있었다.

"퇴근 시간이라서 조금 늦게 오실 줄 알고 있었습니다."

"저도 그렇게 생각했는데 교통 사정이 생각보다 좋더라고요."

성준은 미소를 지으며 대답했다.

"제 사무실로 안내하겠습니다."

두 사람은 역사 안의 비밀 통로를 이용해 VIP 경매장으로 들어갔다.

"가면 써야 하는 거 알고 계시죠?"

정철이 승강기 내부에 비치된 가면을 집어 들며 말했다. VIP 경매장에서는 모두가 가면을 쓰고 다닌다. 그것은 정철도 예외가 아니었다.

"물론입니다."

성준은 대답과 함께 가면을 집어 들었다. 사이 좋게 가면을 쓴 두 사람은 경매장 내부의 사무 구역으로 이동했다. 그곳에 정철의 개인 사무실이 있었다.

"여기입니다."

정철은 사무 구역 깊숙한 곳에서 발걸음을 멈췄다. 박정철 실장이라는 명패가 문에 걸려 있었다. 그가 문을 열자 성준이 먼저 사무실로 들어갔다.

"사무실 좋네요. VIP 경매장 관리를 맡게 되신 겁니까?"

성준이 물었다.

원래 정철은 일반 경매장 관리를 맡고 있었다. 정철은 입가에 희미한 미소를 머금은 채 입을 열었다.

"다 강성준 씨가 김도혁이 사고쳤을 때 활약해 주셔서 그렇습니다. 저도 점수를 얻어서 승진할 수 있었습니다."

"좋은 일이네요. 축하드립니다."

성준은 진심을 담아 축하해 주었다. 정철의 입가에 미소가 번졌다. 축하를 받는다는 것은 기분 좋은 일이었다. 그래서 그는 성준에게 진 빚을 갚기 위해서라도 좋은 정보를 하나 알려 주기로 마음먹었다.

"강성준 씨. 얼마 전에 특이한 아이템이 하나 등록되었습니다. 알약 형태의 아이템인데 내부에서 강한 마력이 느껴졌습니다."

정철의 말에 성준의 두 눈이 반짝였다. 흥미로웠다.

"감정 불가 아이템입니까?"

"예, 그래서 용도를 알 수가 없습니다. 섭취하는 아이템이라는 건 확실한데 수량이 하나밖에 없고 독일 수도 있어 시험해볼 수가 없었습니다. 하지만 뭔가 범상치 않은 아이템이라는 사실은 확실합니다. 아마 다음 주 화요일쯤에 경매에 등록될 겁니다."

"그런데 그걸 저한테 말씀해 주시는 이유가 뭡니까?"

성준의 물음에 정철은 의미심장한 표정으로 씨익 웃어 보였다.

"강성준 씨가 감정 불가 아이템 중에서도 특이한 것들을 모으고 계시는 것 같아서 말입니다. 그래서 빚을 조금이라도 갚고 싶었습니다."

정철은 눈치가 빠른 편이었다. 성준이 경매장이 출입하는 이유가 단순한 수집욕 때문이 아니라는 것을 짐작하고 있었다.

"그렇군요."

성준은 그저 표정 변화 없이 건조한 목소리로 대답할 뿐이었다. 이런 상황에서는 긍정이나 부정을 하지 않는 게 좋다고 생각했다.

"흥미롭기는 하네요."

"다음 주 화요일에 오시면 될 것 같습니다. 제가 다시 연락을 드리죠."

"알겠습니다. 그러면 그때 다시 찾아오겠습니다."

성준은 VIP 경매장에서 나와 오피스텔로 돌아갔다. 그리고 다음 주 화요일이 되었을 때 정철로부터 메시지 한 통을 받고서 VIP 경매장에 다시 나타났다.

"30분 후에 경매를 시작하겠습니다!"

진행자가 말했다. 성준은 넓은 경매장의 구석에 앉아 태블릿 PC를 들어 올렸다. 경매에 등록된 물품의 이미지와 함께 간단한 정보가 기록되어 있었다.

[알 수 없는 알약]

S급.

알 수 없음.

설명은 너무나 간략해서 용도의 추정이 힘들었지만, 이미지를 본 순간 성준은 어떤 기억을 떠올릴 수 있었다.

'칠흑환……'

그리고 그것은 리슈발트 또한 마찬가지였다.

-제국 특무군에서 비밀리에 전해지는 칠흑환이라는 이름의 영약으로 보입니다.

칠흑환은 이계에서만 나오는 특별한 재료들을 사용해서 만들 수 있는 영약으로 섭취와 함께 특수한 방법으로 마력을 운용하면 마력을 영구적으로 증폭시키는 효과가 있었다.

'아마 칠흑환 마력 운용법을 알고 있는 사람은 이곳에 나밖에 없겠지.'

전생에 칠흑환을 섭취한 적은 없었지만, 그 효과에 대해서는 익히 들어서 알고 있었다.

'어쩌면 동조율 50%가 될 수 있을지도 몰라.'

지금 동조율은 49%였다. 충분히 가능한 일이었다. 그리고 1조가 넘는 재산이 있었다. 성준은 이번 경매에서 반드시 이길 자신이 있었다.

"경매를 시작하겠습니다!"

진행자가 경매 시작을 알렸다. 다른 감정 불가 아이템과는 달리 알약 형태라서 섭취하면 특별한 일이 생길 것이라고 생각한 것인지 경쟁자가 많았다. 입찰가는 계속 높아졌고 다수의 경쟁자가 탈락했다.

하지만 성준은 끄떡없었다.

"300억 나왔습니다!"

입찰가가 300억을 찍자 성준을 남은 경쟁자는 2명이 전부였다. 400억이 되었을 때 바로 옆에서 한숨과 함께 경쟁자 1명이 경매장을 떠났다.

"500억 나왔습니다!"

500억이 되었을 때 마지막 한 명도 포기했고 성준은 칠흑환의 주인이 되었다.

"낙찰 축하드립니다!"

진행자가 축하 인사를 건넸다.

성준은 칠흑환을 수령한 뒤, 오피스텔로 돌아왔다. 오늘은 미행을 시도하는 어리석은 이가 없었다.

성준은 오피스텔로 돌아오기 무섭게 옷을 갈아입은 뒤, 칠흑환을 들고 거실에 앉았다. 그는 리슈발트를 향해 칠흑환을 들어 올렸다.

"부탁해."

-이계의 기운을 회수하겠습니다.

리슈발트가 이계의 기운을 걷어냈다.

성준은 계측기로 칠흑환을 감정했다.

[특무군 비전 영약]

S급.

마력 증폭 효과 확인.

정식 명칭은 칠흑환이 아니었다. 기억이 정확하지는 않았지만, 마력 운용법이 잘못되었다고 해도 칠흑환의 많은 마력을 흡수하지 못하는 것이지 특별한 부작용은 없었기에 성준은 그것을 망설임 없이 입에 넣었다.

씹고 삼킨 뒤, 정해진 방법대로 마력을 운용하자 칠흑환 내부에서 잠자고 있던 마력이 체내로 퍼지기 시작했다.

'됐다!'

절반은 완성된 것이나 다름없었다. 이제는 마력 운용법을 활용하여 최대한 많은 양의 마력을 흡수하는 일만 남았다.

그렇게 생각했다.

"크윽!"

-주군!

평온했던 성준의 표정이 일그러졌다. 마력이 역류한 것이었다. 이대로 놔둬도 무협 소설에서 나오는 것처럼 내상을 입거나 하지는 않겠지만 칠흑환의 마력을 소화하지 못하게 될 것이다.

500억을 투자했는데 이대로 포기할 수는 없었다.

"후우!"

그는 호흡을 가다듬으며 마력을 운용했다. 날뛰는 마력을 진정시키는 모든 방법을 동원했다. 그 결과 역류하는 마력을 30분 만에 진정시킬 수 있었다.

'이제 흡수만 하면 된다!'

고지가 얼마 남지 않았다. 성준의 입가에 미소가 번졌다. 더이상 장애물은 없었고 그는 칠흑환에 담긴 막대한 양의 마력을 무사히 흡수할 수 있었다.

"리슈발트, 동조율은?"

-50%입니다.

"이제 절반인가……."

리슈발트의 대답에 성준은 입가에 희미한 미소를 그려졌다. 동조율 5%였던 시절이 잇그세 같은데 어느새 전성기 시절의 절반에 달하는 무력을 가지게 되었다.

-주군께서는 현재 SS급 헌터 수준의 마력과 무력을 보유하고 있습니다. 재심사를 요청하면 어렵지 않게 SS급 헌터가 될 수 있을 겁니다.

리슈발트가 말했다.

성준은 고개를 끄덕이며 입을 열었다.

"그건 천천히 해도 상관없을 것 같아."

급한 일은 아니었기 때문에 성준은 여유를 가지기로 했다.

"동조율 50%가 되면서 달라진 건?"

-신체가 대폭 활성화된 것을 제외하면 없습니다.

신체가 활성화되었다는 것은 신체 능력의 강화를 의미했다. 성준은 당장 시험해 보고 싶었지만, 그것도 급한 일은 아니었고 먼저 해야 할 일이 있었다.

-설마 이 세계에서 칠흑환을 보게 될 줄은 몰랐습니다.

리슈발트가 말했다.

까다로운 제조법과 뛰어난 효능 때문에 제국 특무군에서도 일부에게만 전달되는 것이 칠흑환이었다. 그래서 이계에서도 흔하게 볼 수 없는 것이었다.

"그건 중요하지 않아."

성준은 미소 지었다. 과정보다는 결과가 중요했다.

"일단 샤워 좀 한다."

고급스러운 장식이 각인된 문이 벌컥 열리더니 강직해 보이는 백발의 남자, 제국 특무군 사령관 아레스 백작이 성큼성큼 걸어 들어왔다.

"오셨습니까?"

책상 앞에 앉아서 서류 정리를 하고 있던 안펠리코는 아레스를 힐끔 보더니 말했다. 여유로워 보이는 그 모습에 아레스는 분노를 넘어서 어이가 없다는 표정으로 입을 열었다.

"아직 보고 받지 못한 겁니까?"

"들었습니다. 전술 마탑이 당했고 모든 정보가 불탔으며 살아남은 자는 없다고 하더군요."

"그런데 아주 여유로우시군요."

"제가 호들갑 떤다고 해서 전멸한 전술 마탑이 복원되는 것도 아니잖습니까?"

안펠리코의 말도 틀린 것은 아니었기 때문에 아레스는 쉽게 말을 이어가지 못했다.

마침내 서류 정리를 끝낸 안펠리코는 옆에 있는 편해 보이는 소파에 앉으며 입을 열었다.

"군대가 움직일 기라고 들었습니다."

"방금 황명을 받았습니다. 소식이 빠르시네요."

"어쩌다 보니 듣게 되었습니다."

안펠리코는 어깨를 으쓱해 보였다.

아레스는 짧은 한숨과 함께 고개를 저었다.

"제국군과 특무군이 먼저 움직일 겁니다. 그리고 발리안 경께서 기사 여단의 동원을 약속하셨습니다."

"다음 습격이 예상되는 곳에 군대가 배치되겠군요."

"그렇습니다. 설령 적이 드래곤이라고 해도 이제는 쉽지 않을 겁니다."

아레스는 자신감 넘치는 목소리로 말했다.

"그런데 기사 여단을 몰라도 제국군과 특무군이 동원되면 왕국 연합과의 국경이 취약해지지 않겠습니까?"

안펠리코가 지적했다. 의문의 습격에 대비하는 것도 좋지만 왕국 연합과의 전쟁도 소홀히 하면 안 된다.

"종족 연합에서 지원군을 추가로 보내줄 겁니다."

"그렇다면 국경은 안심이겠군요."

"습격자가 누군지는 몰라도 이제 큰일 났습니다."

아레스와 안펠리코는 입꼬리를 끌어 올렸다.

하지만 그들은 지금도 성준이 전생의 힘을 찾아가고 있다는
사실은 꿈에도 몰랐다.

5장
장사하자

성준의 아버지인 수혁이 앓고 있는 병은 불치병으로 분류되는 희귀한 혈액암이었다. 현대 의학으로는 호전은 가능해도 완치는 힘들다고 판단되고 있었지만, 성준은 불가능한 일은 없다고 생각했다.

지금 그는 돈이 많았고 미국에는 뛰어난 인재들이 많았다. 그래서 그는 얼마 전부터 압도적인 자금을 바탕으로 유명한 유명 제약 회사나 신약 연구소를 하나 인수할 생각이었다.

그는 그것과 관련된 문제로 설아와 상담을 하기 위해 그녀를 만나러 청룡 그룹 본사로 찾아갔다.

"저거 헌터 세단 아니야?"

"엄청 비싸다고 들었는데."

성준의 헌터 세단이 근처 주차장에 모습을 드러내자 모두의 시선이 집중되었다. 헌터 세단의 가격은 최소 15억이 넘어가기 때문에 흔히 볼 수 있는 건 아니었다.

그는 주차를 끝내고 청룡 그룹 본사 1층에서 설아에게 메시지를 보냈다.

"강성준 씨!"

메시지를 보내고 5분이 지나지 않아서 익숙한 목소리의 누군가 성준을 불렀다. 목소리가 들리는 방향으로 고개를 돌리니 그곳에 정장을 입고 갈색의 머리카락을 단정하게 뒤로 묶은 설아가 서 있었다.

성준은 그녀에게 다가갔다.

"저한테 물어볼 게 있으시다고 하셨죠?"

"예, 제약 회사나 신약개발연구소를 하나 인수하려고 생각 중입니다."

"북한에서 일로 정산금을 많이 받으셨나 봐요?"

설아는 입가에 미소를 그린 채 말했다.

성준은 대답하지 않았다. 하지만 북한에서 그가 겨울 군주를 처치하면서 엄청난 부자가 되었다는 사실은 널리 알려져 있었다.

"사무실로 올라가죠. 상담이 필요합니다."

성준이 말했다.

인수 문제로 진지하게 상담을 하고 싶었다. 그런 마음을 눈치챈 것인지 설아는 고개를 끄덕이며 미소를 지었다. 오랜만에 성준에게 도움이 될 수 있다는 사실이 그녀를 기쁘게 만들었다. 이유는 알 수 없었다. 그냥 기분이 좋았다.

"이쪽으로 오세요."

청룡 그룹 본사 구조를 잘 모르는 성준을 위해 설아가 안내했다. 성준은 승강기를 타고 설아와 함께 그녀의 사무실이 있는 층으로 올라갔다.

설아는 길드계획 실장이라는 직함이 붙어 있는 사무실 문 앞에서 걸음을 멈췄다.

"여기예요."

그녀는 수줍게 웃으며 문을 열었다.

오늘따라 소녀 같은 모습을 보이는 설아 탓에 성준은 조금 당황할 수밖에 없었다.

'사무실은 처음이네……'

설아는 사무실 안으로 들어가면서도 두근거리는 심장 소리가 들킬까 봐 마음을 졸였다. 성준이 자신을 필요로 한다는 사실에 그녀는 기분이 좋았던 것이다.

"앉으세요."

"실례하겠습니다."

성준이 소파에 앉았다. 설아는 그의 앞에 앉았다.

"제약 회사나 신약개발연구소를 인수하고 싶다고 하셨죠?"

설아는 미소를 감추고 진지한 목소리로 물었다. 그를 도와주기 위해 두근거리는 설렘을 잠시 감춘 것이었다.

성준은 고개를 끄덕이며 입을 열었다.

"생각해 보니까 제약 회사는 무리일 것 같고 신약개발연구소 하나를 인수할 생각입니다."

"신약개발연구소를요?"

성준의 갑작스러운 말에 설아는 잠시 생각을 정리하는 듯하더니 이내 고개를 끄덕였다. 그녀도 성준의 사정에 대해서는 조금 알고 있었다.

"아버님 때문이죠?"

"그렇습니다."

설아의 물음에 성준은 고개를 끄덕였다. 치료 약이 없으면 만들면 된다고 생각했다. 돈이 없으면 무리겠지만 지금 성준에게는 돈이 있었다.

"간단한 계획이라도 말씀해 주시겠어요? 그래야 참고할 수 있을 것 같아서요."

설아가 말했다. 그는 성준의 생각을 몰랐기 때문에 아직 견적을 잡을 수가 없었다.

"어느 정도 명성이 있는 연구소를 인수해서 최고의 연구원들을 추가로 영입하고 최고의 설비를 갖출 생각입니다. 개인적으로 서국 신약개발연구소를 생각하고 있습니다."

"서국 신약개발연구소가 최근 재정이 어렵기는 하지만 인수하려면 2조 원 이상이 필요해요. 아마 3조 원은 잡아야 할 것 같은데요?"

설아는 경영 교육을 받은 사람이었기 때문에 냉정하게 시장을 분석하고 판단하여 설명했다.

2조 원까지는 생각하지 못했기 때문에 성준은 당황했지만 이내 표정을 수습했다. 그는 S급 헌터였다. 1조 원은 거금이었기 때문에 모으는 게 힘들기는 했지만 불가능한 것은 아니었다.

"자금이 부족하면 그룹에서 지원해 줄 수도 있어요."

청룡 그룹의 회장이 성준에게 우호적이었고 그를 아군으로 만들기 위해 적극적으로 움직이고 있었기 때문에 설아는 자신감 있는 목소리로 말할 수 있었다.

"아뇨. 그건 괜찮습니다."

하지만 성준은 고개를 저었다.

청룡 그룹을 긍정적으로 생각하고 있었지만, 코가 꿰이는 것은 원치 않았다. 그리고 무엇보다 설아에게는 도움을 받을 수 있지만 윤태석 회장에게는 빚을 지고 싶지 않았다.

"제가 어떻게든 자금을 마련해 보겠습니다."

성준이 말했다. 앞으로 5천억 원 이상의 압도적인 거금을 더 모아야 하지만 그의 목소리는 밝았다. S급 헌터이면서 무한

동력이라는 별명까지 가진 성준에게 불가능한 일은 없었다. 시간이 지나면 다 해결될 문제였다.

"강성준 씨라면 가능할 거라고 봐요."

"그건 그렇고 인수 절차는 많이 복잡합니까?"

성준이 물었다. 설아는 미소를 지으며 입을 열었다.

"개인이 진행하면 불가능에 가까울 정도로 까다롭지만 제가 도와드리면 간단한 절차만 거치면 끝나요. 그러니까 절차는 신경 쓰지 마세요."

설아의 대답에 성준의 두 눈이 반짝였다. 그녀가 이렇게 든든해 보이는 것은 처음이었다.

"알겠습니다. 그럼 최대한 빠른 시일 내에 자금을 준비하겠습니다."

성준이 말했다.

그는 설아와 헤어지고 오피스텔로 돌아가는 길에 던전 관리국에 들러서 A급 던전 솔플을 신청했다.

-공략 확인, 계측 완료. A급 던전을 클리어하셨습니다.

보스를 죽이고 마력을 흡수하자 계측기가 반응했다.

주변을 맴돌고 있던 리슈발트가 성준의 앞으로 다가와 입을 열었다.

-각성 던전의 입장 조건을 만족한 상태입니다. 입장하시겠습니까?

"가자."

-각성 던전의 문을 열겠습니다.

리슈발트가 말했다.

성준이 마음의 준비를 끝내고 고개를 끄덕이자 리슈발트가 마력을 끌어 올렸다. 주변이 눈처럼 녹아내렸다. 그리고 새로운 모습을 갖췄다.

"오늘은 밤이네."

성준은 혼잣말에 가까운, 작은 목소리로 중얼거렸다. 야외였는데 하늘은 어두웠고 주변은 탁 트인 평원이었다. 멀지 않은 곳에서 차원을 단절시키는 결계의 존재가 느껴졌다.

-500m 전방에 임시 주둔지가 하나 있습니다. 병력 편성으로 볼 때 보급 부대로 추정됩니다.

리슈발트가 보고했다. 성준이 잠시 주변을 살피는 동안 정찰을 다녀온 모양이었다. 그는 밤하늘에서 눈을 떼지 않은 채 입을 열었다.

"방어 시설은?"

-임시 주둔지라서 두꺼운 목책 수준입니다만 뱀파이어 기

사들이 망루에서 주변을 경계하고 있습니다.

"뱀파이어? 종족 연합이야?"

-예, 깃발은 분명 종족 연합의 것이었습니다.

리슈발트의 대답에 성준은 입꼬리를 슬쩍 끌어 올렸다.

"잘됐네. 종족 연합에도 검성의 귀환을 알려야지."

-은신을 사용할 생각이십니까?

리슈발트가 물었다.

A급 마물 중에서도 최상위 티어인 뱀파이어 기사는 밤에 은신을 눈치챌 정도로 기척 감지 수준이 올라간다. 그리고 지금은 하늘이 칠흑으로 물든 밤이었다.

"맨몸으로 돌격하는 것보다는 나을 것 같아서 말이지."

-주군께서는 기척 은폐 능력이 뛰어나시니까 밤이라고 해도 뱀파이어 기사들이 눈치채지 못할 확률이 매우 높습니다.

긍정적인 의견이었다. 성준도 은폐에는 자신이 있었다.

"은신."

시동어를 내뱉자 성준의 몸이 어둠 속에 녹아내렸다. 그는 최대한 기척을 죽인 채 걸음을 옮겼다.

목책의 문 앞에 도달할 때까지 망루의 뱀파이어 기사들조차 기척을 감지하지 못했다. 밤이었는데도 말이다!

-밤에 뱀파이어 기사가 기척을 감지하지 못할 수준의 은폐라니! 역시 주군이십니다!

옆에서 리슈발트가 호들갑을 떨었다.

기분이 나쁘지는 않았다. 성준이 검을 뽑아 들며 마력을 모으자 은신이 풀렸다. 망루에서 주변을 경계하고 있던 뱀파이어 기사들의 시선이 성준에게 집중되었다.

"적?"

"마력을 모으고 있다! 문을 부술 생각이야! 저지해!"

뱀파이어 기사 셋이 성준을 저지하기 위해 뛰어내렸지만.

"이미 늦었다."

성준이 오러를 머금은 참격을 날려 보내서 목책의 문을 절단한 뒤였다.

습격에 대응하기 위해 오크 보병대가 집결하는 동안 뱀파이어 기사 셋이 성준의 앞을 막아섰다. 그들의 검에 붉은 오러가 깃들어 춤을 췄다.

"인간?"

"왕국 연합 놈인가?"

뱀파이어 기사들은 짧은 대화를 나누며 성준과의 거리를 조금씩 좁혀 왔다.

성준은 검을 들어 올려 방어 자세를 취했다.

'삼각합격이다.'

뱀파이어 기사 셋 중 가장 베테랑인 자가 수신호로 지시를 내렸다. 남은 두 명은 삼각합격을 시도하기 위해 위치를 옮기려 했다. 그 순간이었다.

"컥?"

성준의 옆을 스쳐 지나가던 뱀파이어 기사 하나가 붉은 피를 쏟아냈다. 힘없이 쓰러지는 그의 목에는 단검이 꽂혀 있었다.

"미, 미친……!"

"보이지도 않았습니다!"

동료의 죽음에 남은 뱀파이어 기사 둘은 당황했다. 너무나 쉽게 당해 버렸기 때문이었다.

"최소 엘리트 나이트 이상의 실력자다! 대응…… 컥!"

"너는 말이 너무 많아."

"쿨럭!"

직급이 높아 보이는 뱀파이어 기사가 피를 토했다. 어느새 접근한 성준의 검이 그의 심장을 꿰뚫고 있었다.

"조장님!"

"회수."

성준은 단검을 회수한 뒤, 조장을 애타게 부르짖는 뱀파이어 기사를 향해 투척했다.

"쉽게 당하지는 않는…… 컥!"

심장을 관통했다. 재생 능력이 뛰어난 뱀파이어 기사라고 하지만 숨이 끊어질 수밖에 없는 일격이었다.

뱀파이어 기사들을 정리하고 목책 안으로 진입하자 이번에는 오크 검성이 이끄는 오크 보병대가 앞을 막아섰다. 목책 위에는 어느새 B급 최상위 티어로 분류되는 엘프 레인저들이 집결한 뒤였다.

"감히 종족 연합의 보급 부대를 노리다니! 간이 부었군! 모두 쳐라!"

오크 검성이 공격 명령을 내렸다. 엘프 레인저들이 먼저 시위를 놓자 수십 발의 화살이 바람을 뚫고 매섭게 날아왔다. 하지만 단 한 발도 성준을 맞추지 못했다.

"크아아악!"

뒤이어 접근한 오크들은 성준이 검을 휘두를 때마다 붉은 피를 쏟으며 쓰러졌다. 동조율 50%가 되면서 SS급의 수준이 된 그를 오크들은 감당할 수 없었다. 허공에 흩뿌려지는 짙은 살기는 오크들의 행동마저 제약했다.

'지독할 정도로 짙은 살기다.'

보병대를 지휘하던 오크 검성도 인정할 수밖에 없었다.

"물러나는 게 좋을 것 같습니다. '그들'과 합류하죠."

엘프 레인저 지휘관이 말했다. 오크 검성은 고개를 끄덕이며 동의했다.

그들은 병력을 뒤로 물러나게 했고 성준은 앞을 막는 소수의 적을 격파하면서 중앙으로 향했다.

지휘부 막사에 도달한 순간이었다.

"환영한다. 젊은 검성이여. 나는 뱀파이어 자작 엔틸리케다."

뱀파이어 자작이 모습을 드러냈다. 보급 부대의 지휘를 맡은 것으로 보였다. 그가 모습을 드러내기 무섭게 강렬한 마력의 유동과 함께 어둠 속에서 수십 명의 복면인들이 모습을 드러냈다.

"유령 부대인가? 그것도 일등 살수만 셋이군. 무덤이라도 만들 생각이야?"

지휘부가 있는 곳에 진입하면서 은신 특유의 기척과 마력의 유동을 느꼈기 때문에 성준은 놀라지 않았다.

그의 말에 엔틸리케는 입꼬리를 끌어 올렸다.

"정답이다."

어느새 유령 부대뿐만 아니라 종족 연합의 병력이 그를 포위하고 있었다.

하지만 성준은 모든 것을 예상했다는 표정이었다. 절대 당황하지 않았다.

"오늘 무덤에 묻힐 사람이 많네."

성준은 녹색 보석의 반지, '독의 향연'에 마력을 주입했다.

"지금부터 청소 시작이다."

반지에 붙어 있는 보석이 마력을 머금자 녹색의 안개를 분사하기 시작했다. 뱀파이어 자작 엔틸리케는 안개의 정체를 단번에 알아챘다.

"마력독이다!"

엔틸리케가 소리쳤다.

하지만 피하기에는 늦었다. S급 아이템답게 독을 머금은 안개가 퍼지는 속도가 빨랐다. S급 마력을 지닌 적들에게는 통하지 않지만 수천에 달하는 포위 병력만 제거해 줘도 체력의 소모를 훨씬 줄일 수 있다.

"큭!"

"으윽!"

병력이 물러나는 속도보다 독 안개가 퍼지는 게 빨랐다. 마력독에 중독된 이들이 검붉은 피를 토하며 힘없이 쓰러졌다.

마력독에서 자유로운 이들은 뱀파이어 자작 엔틸리케와 제국 특무군 유령 부대에서 파견한 일등 살수 셋뿐이었다. 다른 이들은 모두 마력독에 중독되어 죽어버렸다. 수천의 병력이 5분이 지나지 않아서 모두 전멸해버린 것이었다.

"흡수."

성준은 그들의 몸에서 마력을 흡수했다. 죽인 적들의 수가 워낙 많아서 그런지 다량의 마력을 흡수할 수 있었다.

-동조율 51%입니다.

동조율도 1%나 올랐다.

"이거 마정석 꺼내려면 귀찮겠네."

이계에서는 마물들의 시체가 소멸하지 않았다. 그래서 마정석을 직접 꺼내는 귀찮은 작업을 거쳐야만 했다.

"설마 마력독을 다룰 줄이야……"

엔틸리케는 싸늘하게 식어가는 부하들의 모습을 보며 중얼거렸다. 목소리에 힘이 없었다. 부하들이 제대로 싸워보지도 못하고 목숨을 잃은 것 같아서 가슴이 아팠고 허무했다.

그런 엔틸리케를 보며 성준은 냉소를 머금었다.

"그래서 내가 말했잖아. 오늘 무덤에서 잠잘 사람이 많을 거라고."

성준은 검에 마력을 주입했다. 검에 깃든 오러가 더욱 선명해졌다.

엔틸리케도 검을 뽑았다. 붉은 오러가 일렁거렸다.

일등 살수 셋은 각자 성준은 기습하기 쉬운 곳에서 기회를 노렸다. 그중에서 둘은 은신까지 사용했지만, 성준의 기척 감지 수준으로는 위치 파악이 가능했다.

-뱀파이어 자작 엔틸리케가 주군을 주로 상대할 생각인 것 같습니다. 일등 살수들은 뒤에서 기회를 노릴 겁니다.

리슈발트가 말했다.

성준은 주변을 경계하면서 생각을 정리했다. 뱀파이어 귀족, 그중에서도 자작은 S급 상위 티어의 마물과 비슷한 전투력을 지니고 있다. 일등 살수도 S급 상위 티어에 속했다. 성준은 그런 괴물들을 넷이나 상대해야 했다.

하지만 그는 질 것이라는 생각을 조금도 하지 않았다.

'환영검으로 하나를 죽이고 시작하자.'

그에게는 일격 필살의 기술인 '환영검'이 있었고 동조율도 50%였다. 각성 던전에서 전투를 치르면서 느낀 것이지만 동조율 50%가 되면서 신체 능력이 많이 향상되어 있었다.

'S급 넷 정도는……'

의식의 흐름 속에서 번뜩이는 날카로운 살기에 성준은 급히 검을 휘둘렀다. 어느새 가까이 다가온 엔틸리케의 검과 충돌하면서 마력 파편이 사방에 튀었다.

"젊어도 검성이라 이건가? 실력이 제법이군!"

엔틸리케는 감탄했다.

성준은 뒤로 물러나며 환영검을 펼치려고 했지만 엔틸리케는 그것을 허용하지 않고 힘겨루기를 유도했다. 그는 실전 경험이 풍부했다. 성준이 거리를 벌리려고 한순간 그에게 어떠한 의도가 있다는 것을 눈치챈 것이었다.

-실전 경험이 풍부해서 쉽지는 않을 것 같습니다.

리슈발트가 말했다.

전투 중이라 고개를 끄덕일 수는 없었지만, 성준도 그 생각에 동의했다. 엔틸리케와 치열하게 검을 주고받으며 초근접전을 펼치는 동안 뒤에서 기척이 느껴졌다.

일등 살수 셋 중에 은신하고 있던 둘이 움직인 것이다. 그들

은 아슬아슬하게 은신이 풀리지 않을 정도로 고요하게 거리
를 좁혀 왔다.

하지만 유감스럽게도 성준은 엔틸리케와 검을 주고받으면서
도 그들의 움직임을 읽고 있었다.

"폭풍검."

시동어와 함께 폭풍검을 시전했다. 아주 조금 검을 흔드는
것만으로도 검풍이 휘몰아쳤다. 엄청난 기교였다.

"크, 크윽!"

엔틸리케는 물론이고 은밀하게 거리를 좁혀온 일등 살수 2명
도 크게 당황했다. 부상을 입은 자는 없었지만, 황급히 회피하
느라 은신이 풀렸고 뱀파이어 자작 엔틸리케와도 혈마법을 사
용해 방어하느라 거리를 벌리는 성준을 막지 못했다.

"환영검."

"이, 이런!"

성준은 그 순간을 놓치지 않고 시동어와 함께 환영검을 펼
쳤다. 오러를 머금은 31개의 환영검이 엔틸리케를 노렸다.

환영검 세례에 노출된 그는 욕설을 내뱉었다.

한눈에 보기에도 범상치 않은 기술이었다. 검풍과 달리 환영
검은 오러를 머금고 있어 혈마법으로 방어해도 한계가 있었다.

"크아아악!"

뱀파이어 자작 엔틸리케는 전력을 다해 혈마법을 펼쳤다.

하지만 31개의 환영검이 일제히 쏟아지자 혈마법으로 만든 피의 벽은 박살 났고 끔찍한 고통이 덮쳐왔다.

전력을 다해 회피를 시도했지만, 왼팔이 잘리고 오른쪽 옆구리에 깊은 상처가 남았다. 차가운 밤하늘에 뜨거운 피가 흩뿌려졌다.

"엔틸리케 자작!"

기회를 엿보고 있던 일등 살수가 다급하게 고속 이동술을 펼쳐서 성준의 앞을 막아섰다. 그의 개입으로 성준의 연격은 막혔고 엔틸리케는 목숨을 건질 수 있었다.

"큭!"

그는 신음을 내뱉으면서도 출혈을 멎게 했다. 혈마법은 공격과 방어뿐만 아니라 지혈에도 효과적이었다.

'지혈은 했지만 이대로는 힘들다!'

양손검을 사용하는 입장에서 팔 하나를 잃었다는 것은 치명적인 문제였다.

"섬광 베기."

성준은 시동어와 함께 섬광처럼 빠르게 검을 휘둘렀다. 엔틸리케 자작을 돕기 위해 성준의 앞을 막아섰던 일등 살수는 상체에 깊은 상처를 입고 비틀거리고 있었다. 동조율 50%의 섬광 베기를 막기에는 일등 살수의 움직임이 너무 느렸다.

"크윽!"

"조장님!"

"엄호하겠습니다!"

다른 일등 살수 2명이 합격진을 펼쳤다. 폭풍과도 같은 공격이 쏟아졌다.

하지만 그것을 받아내는 성준은 너무나 여유로웠다.

'동조율 50%가 이렇게 대단한 거였니?'

예전에도 일등 살수와 싸워본 적이 있었지만, 오늘처럼 이렇게 압도하지는 못했었다. 그때와 지금 다른 점이 있다면 동조율의 차이였다.

"이럴 수가! 어떻게 이렇게 강할 수가 있지?"

"엘리트 나이트 중에서도 고위 기사가 분명합니다!"

일등 살수 둘은 성준에게 합격을 펼치면서 짧게 의견을 교환했다. 하지만 그것은 큰 실책이었다.

빈틈을 포착한 성준이 마력을 끌어 올리며 입을 열었다.

"질풍검."

검풍과 함께 전방으로 총탄처럼 튀어나가며 검을 내찔렀다. 검은 부상을 입은 조장의 심장을 꿰뚫었고 검풍은 다른 일등 사수 2명을 노렸다. 허를 찌른 일격이었다. 2명의 일등 살수는 대응하지 못하고 당했다.

"크아악!"

"커헉!"

비명과 함께 붉은 피가 흩뿌려졌다.

"제기랄!"

엔틸리케는 평소에 상스럽게 여기던 욕설을 입에 담으며 혈마법을 시전했다. 칼날을 머금은 붉은 피의 물결이 성준을 향해 요동쳤다.

하지만 성준에게는 위협적이지 않았다. 혈마법 또한 마력으로 구성된 마법이었다. 성준은 그것을 파마검으로 가볍게 베어내고는 엔틸리케와의 거리를 순식간에 좁혔다.

"환영검!"

다시 한번 일격필살의 기술이 작렬했다. 왼팔을 잃은 엔틸리케는 31개의 환영검을 방어하지 못했다.

"커, 커헉!"

31개의 환영검이 뱀파이어 자작 엔틸리케의 전신을 잔인하게 찢어발겼다. 토막 난 전신이 나뒹굴었고 붉은 피가 차가운 대지를 적셨다. 밤의 버프까지 받았지만 뱀파이어 자작이 감당하기엔 성준의 전투력이 너무 뛰어났다.

성준은 차갑게 식어가는 엔틸리케의 시체를 내려다보며 차분한 표정으로 입을 열었다.

"흡수."

시체에서 마력을 흡수하자 계측기가 각성 던전의 클리어 사실을 알렸다. 이윽고 리슈발트가 모습을 드러냈다.

-각성 던전 클리어 보상으로 동조율이 1% 상승하였습니다. 현재 주군의 동조율은 52%입니다.

각성 던전은 공략 난이도가 높은 편이었지만 그만큼 보상이 후했다. 이번에는 종족 연합을 상대했기 때문에 동조율 외에 마정석도 보상으로 얻을 수 있을 것이다.

"이걸 다 언제 루팅하지?"

성준은 주둔지에 가득한 시체들을 보며 말했다. 마물 시체의 수가 워낙 많았다. 그래서 성준은 눈앞에 컴컴했다.

-각성 던전은 결계로 보호되고 있고 단절된 외부는 시간이 정지되어 있습니다. 전부 루팅해도 될 것 같습니다.

리슈발트가 미소 지었다.

성준은 고개를 저으며 입을 열었다.

"지금 그거. 나 기억하고 있을 거야."

성준은 그렇게 말하며 자신의 검, 로엘을 반지 모양으로 돌려놓은 뒤, 허리에서 단검을 뽑아 들었다.

"즐거운 루팅을 시작할까?"

고생 끝에 모든 마물들의 시체에서 마정석을 루팅하고 보급품을 불태우는 것까지 끝냈다.

성준은 지친 얼굴로 던전에서 나왔다.

그는 곧장 던전 관리국으로 이동했다. A급 던전에서 획득한 마정석들을 먼저 매각하고 정산금을 받았다. A급 던전에 들어가서 S급 던전에서 루팅되는 마정석을 들고나오면 의심받기 때문에 각성 던전에서 루팅한 것들은 던전 관리국에서 매각하지 못했다.

-던전 관리국에 매각할 수 없다면 다른 방법이 있습니까?

"박정철한테 가면 해결책이 나올 것 같아."

성준이 대답했다.

흔하지는 않지만 마정석도 비밀리에 거래된다는 사실을 얼마 전에 정철에게 들었던 것 같았다. 그는 자신의 기억이 틀리지 않기를 기도하며 정철에게 전화를 걸었다.

-박정철입니다.

"마정석 관련해서 여쭙고 싶은 게 있습니다. 시간 괜찮으십니까?"

-서울역 근처에서 뵙죠.

정철은 눈치가 빨랐다. 그는 성준이 자신의 도움을 필요로 한다는 것을 깨닫고 재빠르게 행동했다.

성준은 서울역까지 차를 운전했다. 그리고 얼마 지나지 않아서 정철과 만나기로 한 장소에 도착했다.

"여깁니다."

멀리서 정철이 손을 흔들며 다가왔다. 성준도 고개를 끄덕이는 것으로 답했다.

두 사람은 근처 공원으로 이동해서 벤치에 앉았다. 평일 오후였기 때문에 공원을 이용하는 사람들은 많지 않았다.

"마정석이 생겼습니다. 던전 관리국을 제외하고 매각할 방법이 필요합니다."

성준은 단도직입적으로 말했다.

"던전이 아닌 다른 루트로 얻은 겁니까?"

"엄밀히 말하면 던전에서 얻었다고도 할 수 있습니다. 확실한 건 불법이 아니라는 겁니다."

"하지만 던전 관리국을 이용하기에는 마음이 편치 않으신다는 것이군요?"

"그렇죠."

이해하기 힘들었지만, 정철은 출처를 묻지 않았다. 그의 업무 특성상 호기심이 많은 것은 좋지 않기 때문에 언제나 노력하고 있었다.

"수량은 어느 정도입니까?"

정철이 묻자 성준은 자세한 수량을 말해주었다. 루팅할 때 리슈발트가 옆에서 숫자를 세어준 덕분에 알고 있었다.

"그 정도면 1,500억 원 정도에 매각할 수 있을 것 같습니다."

6장
대한민국 최초

　어디 가서 다른 헌터에게 말하면 뺨을 맞을 만한 소리였지만 A급 던전 솔플로는 돈을 모으는 데 한계가 있었다.

　솔플이라고는 하지만 A급 던전을 클리어해서 얻을 수 있는 돈은 5억에서 200억 원 정도로 단기간에 인수 자금을 모으기에는 부족했다.

　'재심사를 받아야겠어.'

　성준은 생각했다. 과도하게 눈에 띄는 건 좋지 않았지만 어쩔 수 없었다. SS급이 되어야만 S급 던전을 솔플할 수 있는 자격이 생긴다.

　S급 던전은 A급에 비해 난이도가 상승하고 공략 시간도 길어지지만, 공략에 성공하면 최소 200억원을 정산받을 수 있기

때문에 인수 자금을 빠르게 모을 수 있다.

성준은 스마트폰을 꺼내서 현성의 전화번호를 눌렀다.

-등급 재심사를 요청할 생각이십니까?

리슈발트가 물었다. 그는 성준의 고민에 대해 알고 있었다.

성준이 말했다.

"그래야지."

-S급 던전을 파티로 공략해 보셔서 아실 겁니다. 다 다르겠지만 보통은 각성 던전과 공략 난이도가 비슷하거나 높은 수준입니다. 쉬지 않고 공략하는 건 무리입니다.

리슈발트가 진언했다.

지금도 성준은 각성 던전을 공략하고 나면 소모가 심해서 휴식을 취했다. 다만, 그 기간이 다른 헌터들에 비해서 월등히 짧았기 때문에 '무한동력'이라는 별명을 계속 가지고 있을 수 있었다.

"혼자서만 공략하지는 않을 거야. 효율이 중요한 거니까, 가끔 상황을 보고 임시로 공략팀을 만들 생각도 있다."

-후보는 박장훈과 유신철입니까?

장훈과 신철은 A급 헌터 중에서도 실력이 뛰어났다. 그들이 함께 S급 던전을 공략한다면 잡다한 마물들을 정리하는 데 큰 도움이 될 것이다.

"그래."

성준은 긍정했다.

"정산금을 나눠야 하지만 너도 이제는 알잖아. 공략하는 던전보다 등급이 낮으면 정산비율이 줄어드는 거."

성준의 물음에 리슈발트는 고개를 끄덕이며 입을 열었다.

-알고 있습니다.

"정산금을 많이 가져가지는 않을 거야."

장훈과 신철은 성준과 달리 체력과 마력의 한계가 분명하기 때문에 매번 데려갈 수는 없겠지만 최대한 공략에 합류시킬 생각이었다. 성준은 두 사람이 도움이 될 거라고 확신했다.

"강성준입니다."

입력된 전화번호를 확인한 성준은 통화 버튼을 누른 뒤, 스마트폰을 귓가로 가져갔다. 신호 연결음을 들리다가 이내 현성이 전화를 받았다.

-김현성입니다.

"등급 재심사를 요청하고 싶습니다. 지금 헌터 관리국으로 갈 테니까 준비해 주세요."

-S급 헌터로 승급하시고 얼마 지나지도 않았는데 벌써요?

현성은 깜짝 놀랐다. 그의 말대로 성준은 S급 헌터로 승격되고 긴 시간이 흐르지 않았다.

격한 반응에 성준은 너무 눈에 띄는가 싶어서 잠시 고민했지만 이내 고개를 저었다. 등급 재심사를 결정했으니까 몰아

붙일 생각이었다.

"그냥 마력량 같은 거 확인하고 싶어서요."

-알겠습니다. 바로 오시면 됩니다, 준비하고 있겠습니다.

통화가 끝났다. 성준은 곧장 주차장으로 향했다. 그는 차를 타고 헌터 관리국으로 이동했다.

현성은 언제나처럼 헌터 관리국 주차장에서 성준을 기다리고 있었다.

"강성준 씨."

주차된 차에서 내리는 성준을 발견한 현성이 반가운 표정으로 손을 흔들었다. 성준은 그와 함께 사무실로 올라갔다.

"심사관이 기다리고 있습니다."

현성이 말했다.

그는 성준의 요청대로 심사관을 불렀다. 마지막으로 심사를 받고 지난 시간 관계없이 헌터 측에서 등급 재심사를 요청하면 관리국에서는 응해야만 한다. 하지만 등급 재심사를 요청한다고 해서 바로 심사관이 응하는 것은 아니었다. 보통은 일정을 잡고 기다리는 편이었지만 성준은 여태껏 헌터 관리국에서 편의를 봐줬기 때문에 예외였다.

사무실에 도착하자 현성이 문을 열어주었다. 안에서 조사팀의 팀원들이 열심히 일을 하고 있었고 한켠에서 심사관이 성준을 기다리고 있었다.

"오셨습니까?"

심사관이 의자에서 일어나면서 말했다. 그는 신속하게 심사를 끝내기 위해 가방에서 계측기를 꺼냈다.

"바로 계측하겠습니다. 괜찮으시죠?"

"물론입니다."

심사관의 질문에 성준은 고개를 끄덕이며 대답했다.

"그럼 시작하겠습니다."

심사관은 계측기로 성준의 몸에 흐르고 있는 마력을 측정했다. 짧은 시간이 흐르고 계측기가 기계음을 내뱉으며 계측이 끝났다는 사실을 보고했다. 그리고 계측기 화면을 확인한 심사관의 얼굴이 굳었다.

"SS급……."

그는 지금 대한민국 역사에 한 획을 긋는 순간, 그 장소에 서 있는 것이었다.

"SS급? 저도 확인해 보겠습니다."

심사관의 중얼거리는 목소리는 결코 작지 않아서 바로 옆에 있던 현성도 들을 수 있었다. 그는 SS급이라는 단어가 나오기 무섭게 심사관에게서 계측기를 빼앗다시피 집어 들어서 화면을 확인했다.

그리고 그는 보았다. 선명한 'SS'라는 글자를.

"이, 이럴 수가…… 심사관님. 이거 계측기가 틀릴 리는 없는 거죠?"

현성이 물었다.

성준은 S급 헌터가 된지 1년도 되지 않았기 때문에 당연한 질문이었다. 심사관은 믿기지 않는다는 표정으로 입을 열었다.

"계측기가 틀리는 경우는 없습니다. 그래도 혹시 모르니까 한 번만 더 측정해봐도 되겠습니까?"

"저는 괜찮습니다."

성준은 심사관의 요청에 흔쾌히 고개를 끄덕였다. 재측정을 해도 달라지는 게 없을 것이라는 확신이 있었다. 헛수고가 분명했지만, 심사관에게 확신을 주기 위해 응했다.

"재측정하겠습니다."

심사관은 긴장된 목소리로 말했다.

이윽고 측정이 끝났다는 계측기의 기계음과 함께 심사관의 얼굴이 다시 한번 경악으로 물들었다.

"이, 이럴 수가! 진짜 SS급?"

성준의 예상대로 결과는 변하지 않았다.

"정말 SS급이라는 말입니까?"

"2번이나 측정을 했으니까 확실합니다!"

현성의 물음에 심사관이 대답했다. 그의 목소리가 워낙 컸기 때문에 넓은 사무실의 모든 인원의 시선이 집중되었다.

심사관은 마음을 가다듬으려 노력하며 입을 열었다.

"역사적인 순간입니다. 대한민국 최초의 SS급 헌터가 탄생했습니다. 또한, 대한민국은 이제 세계에서 SS급 헌터를 보유한 7번째 국가가 되었습니다."

심사관은 뭔가를 기록했다. 그리고 그의 시선이 성준에게 향했다.

"축하드립니다. 전 세계에서 18번째로 SS급 헌터가 되었습니다."

성준은 미소를 지었다. 예상은 했지만, 확정이 되니 기분이 좋았다.

대한민국 최초. 전 세계에서 18번째 SS급 헌터의 등장.

모두가 경악하기에 충분한 소식이었다. 이 기쁜 소식은 관리국 총괄국장 이승태에게 제일 먼저 전달되었다.

"정말입니까?"

승태는 자신의 수행비서이자 B급 전투계 헌터인 안서현을 보며 다시 물었다.

"사실입니다. 강성준이 등급 재심사에서 SS급 판정을 받았습니다. 측정을 맡았던 심사관이 계측기에서 정보를 추출해서 보내왔으니 확실합니다. 헌터 관리국 조사과의 김현성 팀장도 동일하게 진술했습니다."

"허어."

서현의 대답에 승태는 놀란 얼굴로 의자 등받이에 몸을 기대었다. 벌써 두 번이나 질문해서 같은 대답을 들었지만 믿기지 않는 소식이었다.

"대한민국에서 SS급 헌터가 나올 줄이야……."

그는 작은 목소리로 중얼거렸다.

전 세계에서 18번째 SS급 헌터의 등장이었다. 성준이 S급 헌터였던 시절에도 미국이 신호를 보냈었다. 이제 SS급 헌터가 되었으니 중국과 러시아도 움직일 확률이 높았다.

'그리고 강성준은 너무 어려.'

성준은 20대 중반이었다. 아직 30대가 되지 않은 나이였기 때문에 외부의 자극과 유혹에 약할 것이라고 승태는 생각하고 있었다.

"S급 헌터가 된 지 반년이 지나지 않아서 SS급 헌터로 성장했습니다. 이 성장 속도는 예사롭지 않습니다. 저는 강성준이 10년 안에 SSS급 헌터에 도달할 확률이 99%라고 봅니다."

백의를 입고 새치가 가득한 중년의 남자가 안경을 고쳐 쓰며 말했다. 그는 성준이 A급 헌터가 되었을 때부터 그의 성장 속도를 주목했던 총괄 연구소장인 이건이였다.

"문제는 중국이나 러시아가 움직일 거라는 겁니다. 어쩌면 미국이 다시 움직일 수도 있습니다."

서현이 말했다.

헌터의 신상 정보 등록은 필수였고 정보 은폐를 강제할 수 없기에 성준이 SS급 판정을 받았다는 사실은 중국과 러시아에 금방 알려질 것이다. 빠르면 내일 아침에 중국이나 러시아가 관련된 정보를 입수할 수도 있을 것이다.

"이건 씨와 안서현 씨가 우려하는 내용은 잘 알겠습니다. 우선은 나가보도록 하세요. 저는 이걸 대통령님께 보고하겠습니다."

승태가 말했다. 어차피 알게 될 사실이지만 대비를 하기 위해 중국과 러시아가 최대한 늦게 정보를 입수해야만 했다. 그러기 위한 통제가 시작되고 있었다. 지금 성준의 SS급 판정이 보고 받은 사람은 승태가 유일했다.

'이 일을 어서 대통령님께 보고해야 한다.'

승태는 다급해졌다. 러시아의 눈과 귀는 어디에나 있다. 최악의 경우 이미 러시아 대통령의 귀에 들어갔을 수도 있다.

"그럼 저희는 이만 나가보겠습니다."

"저도 연구소로 돌아가야겠습니다."

승태의 축객령에 서현과 이건은 각자의 업무 위치로 돌아갔다. 두 사람이 나간 것을 확인한 승태는 자신의 방에 연결된 작은 밀실로 들어가 모니터를 켰다. 신호 연결음이 이어졌다. 그리고 모니터에 대한민국 대통령의 모습이 나타났다.

-이승태 국장? 긴급 회선으로 통신을 연결한 것 같은데…… 무

슨 일인가?

대통령이 심각한 표정으로 물었다. 지금까지 승태는 긴급 회선으로 통신을 연결 요청한 적이 거의 없었다. 이번을 제외하면 3번 정도인데 모두 다급한 상황을 전달하기 위해 사용했었다.

내표적으로 승태가 긴급 회선을 사용했던 적이 S급 헌터 박경석의 미국 망명 때였다. 그러다 보니 승태가 긴급 회선을 연결할 때면 대통령은 마음을 졸일 수밖에 없었다.

"강성준이 등급 재심사에서 SS급 판정을 받았습니다."

-그게 정말인가?

가장 먼저 든 감정은 '기쁨'이었다. 이제 대한민국은 7번째로 SS급 헌터를 보유한 국가가 되었다.

그리고 두 번째로 든 생각은 '두려움'이었다. 과연 대한민국이라는 나라가 SS급 헌터라는 강대한 존재를 감당할 수 있을까? 여러 생각이 교차했고 대통령은 복잡한 표정으로 고개를 끄덕였다.

"중국과 러시아가 가만히 있지 않을 겁니다. 미국이 다시 움직일 수도 있습니다."

-당연하겠지.

"미국은 과한 행동을 취하지 않겠지만 중국과 러시아는 다를 겁니다. 공작이 들어올 겁니다."

승태의 말대로 중국과 러시아는 결코 우호적인 태도를 보이지 않을 것이다. 대통령도 그의 의견에 동의했기 때문에 고개를 끄덕였다.

-청와대에서 모든 지원을 아끼지 않겠네. 무장 정보기관 '백호'의 설립을 서두르게.

"수장을 맡아줄 헌터가 없습니다. 강성준은 거절했지 않습니까?"

-임시로 나준열에게 맡기면 될 것 같군. 그는 애국심이 있는 헌터니까, 무장경찰 일을 하면서도 수장직도 잠시 수행해줄 것이네.

"그렇다면 첫 번째 임무는……."

-중국과 러시아의 공작에서 강성준을 보호하는 것이라네.

SS급 헌터가 되었다. 하지만 S급 던전을 솔플할 수 있다는 사실을 제외하면 당장 크게 달라지는 것은 없었다. 대한민국에서는 SS급 헌터가 탄생한 선례가 없었기 때문에 혜택 같은 게 정해져 있지 않은 탓이었다.

하지만 대한민국에서 노력하지 않고 있는 것은 아니었다. 그들은 비상 회의를 소집해서 쉬지 않고 논의를 했다. 그들이 뺏기지 않기 위해 노력을 하는 동안 성준은 수혁이 입원한 병원을 방문했다.

-병원 방문은 오랜만인 것 같습니다.

리슈발트의 말에 성준은 고개를 끄덕였다. 인정할 수밖에 없는 사실이었다.

"신경을 더 썼어야 했는데…… 내가 너무 소홀했어."

-그동안 바쁘시지 않았습니까?

"나 자신한테는 변명하지 않기로 했어."

성준은 고개를 저으며 대답했다. 신경 쓰지 않은 것은 사실이었기 때문에 변명할 생각은 없었다.

한국중앙병원에 도착한 성준은 기억을 더듬어서 병실을 방문했지만, 그곳에서 수혁은 보이지 않았다. S급 헌터가 되면서 가족들에게 붙은 경호원들의 모습도 보이지 않았다.

"강수혁 환자 병실이 이곳이 아니었나요?"

성준은 지나가던 간호사를 붙잡고 물었다.

그녀는 차트를 확인하더니 입을 열었다.

"강수혁 환자분은 이틀 전에 별관으로 병실을 옮기셨어요."

"몇 호인가요?"

"별관 4층 전체를 사용하고 계세요. 4층으로 가면 만날 수 있을 거예요."

간호사가 대답했다.

아무래도 성준이 SS급 헌터가 되었다는 소식을 듣고 세라핌 길드에서 안전을 신경 써준 것 같았다. 보통 등급이 높은 헌터에게 공작을 펼칠 때 가장 먼저 노리는 대상은 헌터의 가족이었다. 그래서 S급 이상의 헌터들을 지키기 위해서 각 국가에서는 그들의 가족들에게 수준 높은 경호를 제공하고 있다.

"감사합니다."

성준은 간호사에게 고마움을 전한 뒤, 별관으로 걸음을 옮겼다. 별관으로 향하는 길에서 무장경찰관의 모습을 심심치 않게 볼 수 있었다. 별관에는 그 수가 특히 많았다.

무장경찰국 소속의 헌터들도 있었고 세라핌 길드에서 따로 파견해 준 것으로 보이는 헌터들도 몇 명 보였다.

"세라핌 길드에 고맙다고 해야겠네."

별관을 철통같이 지키는 그들의 모습에 성준은 고마움을 느꼈다. 세라핌 길드장에게 나중에 따로 고맙다고 인사라도 해야겠다고 생각하며 별관 입구로 향했다.

별관 입구를 지키고 있는 무장경찰관들은 성준의 앞을 막아서지 않았지만, 승강기를 타고 4층에 도달하자 B급 헌터 1명이 무장경찰관 3명과 함께 성준의 앞을 막아섰다.

'요인 경호에 B급 헌터…… 신경 좀 썼네.'

성준은 생각했다. 무장경찰국이나 정부에서 보유한 헌터들은 등급이 낮은 이들이 대부분이었다. 실력 있고 등급이 높은 헌터들은 대부분 정규 공략팀이나 길드에서 데려가기 때문이었다.

정부 쪽 기관에서 B급 헌터를 파견한다? 그렇다면 신경을 꽤 쓴 것이다.

"강성준 헌터님?"

B급 헌터가 물었다. 방문 사실을 사전에 연락하지 않았지만 정보기관에서 전달한 모양이었다. 성준은 지금 대한민국 최초의 SS급 헌터였다. 많은 인력이 그를 보호하고 감시하기 위해 따라붙었을 것이다.

"예, 제가 강성준입니다."

"강수혁 씨께서 기다리고 계십니다. 401호입니다."

"감사합니다."

헌터는 성준에게 수혁의 병실을 알려준 뒤, 경계를 계속했다. 성준은 401호 병실로 이동했다. A급 헌터가 병실을 지키고 있었다. 그는 성준을 보더니 고개를 끄덕이며 옆으로 비켜섰다. 문을 열자 내부가 모습을 드러냈다. 고급스러운 분위기의 1인 특실이었고 수혁은 침대에 누워서 책을 읽고 있었다.

그는 성준의 기척을 느끼고는 문 쪽을 향해 시선을 옮겼다. 그리고 곧 그의 얼굴이 반가움으로 물들었다.

"아버지, 저 왔어요."

"아들!"

수혁은 힘겹게 침대에서 일어나 성준을 맞이했다. 얼마 전에 봤을 때보다 건강이 나빠진 것 같았다. 그 모습을 본 성준은 수혁이 앓고 있는 병의 치료제를 개발하기 위한 연구소의 인수를 서둘러야겠다고 생각했다.

"너무 오랜만에 온 거 아니니?"

수혁이 말했다. 자주 찾아오지 않은 탓에 조금 서운한 것 같았다.

"죄송해요. 앞으로는 더 자주 올게요."

성준이 대답했다.

두 사람은 1시간 가까이 대화를 나누었다. 수혁은 아직도 성준이 SS급 헌터가 되었다는 사실이 믿기지 않는다는 표정이었다.

그는 수혁과 대화를 조금 더 나눈 뒤, 담당의를 찾아갔다. 박태호 교수가 여전히 수혁을 담당하고 있었다.

"어서 오세요."

백발의 의사가 부드러운 목소리로 성준을 맞이했다.

"앉으세요."

성준은 그의 앞에 앉으며 입을 열었다.

"아버지의 건강 상태는 좀 어떻습니까?"

"좋지는 않습니다. 호전되는 듯싶었지만, 다시 악화 되었어요."

"많이 안 좋아졌습니까?"

질문하는 성준의 목소리가 가늘게 떨렸다.

태호는 차트를 꺼내 살폈다.

"아시겠지만 강수혁 씨가 앓고 있는 병은 혈액암 중에서도 희귀하고 치료하기 곤란합니다. 현대 의료 기술로는 상태가 최대한 악화 되지 않게 막는 게 전부예요."

태호가 말했다.

희귀하고 치료가 힘들다는 말은 예전에도 들었다. 다시 늘는 게 가슴이 아팠지만 상기할 필요가 있었기 때문에 성준은 새겨들었다.

"지금 최고의 의료진이 최선을 다해서 악화 되는 걸 막고 있습니다. 그래도 병이 워낙 중증이라 쉽지 않은 것도 사실이에요. RG1 치료법도 한계를 보이고 있습니다."

상황이 좋지 않은 모양이었다. 성준의 표정이 어두워졌다.

"얼마가 들어도 상관없습니다. 악화 되지만 않게 해주세요."

신약개발연구소를 인수하고 치료제가 개발될 때까지 시간을 벌어야 했다. 태호는 고개를 끄덕이며 입을 열었다.

"걱정하지 마세요. 저희는 최선을 다할 겁니다."

박태호 교수와의 면담이 끝나고 성준은 편치 않은 심정으로 오피스텔에 돌아왔다. 그는 낮부터 한숨을 쉬며 양주를 꺼내 탁자 위에 올려놓았다.

-기분이 좋지 않으신 것 같습니다.

"당연하지. 그런 말을 들었는데…… 후우!"

성준은 다시 한숨을 내쉬며 잔을 채웠다. 그 순간 주머니에서 벨소리가 울렸다.

전화를 건 사람은 윤설아였다. 지금은 누구에게도 방해받고 싶지 않았지만, 그녀와는 신약개발연구소 인수 문제도 걸려 있었기 때문에 전화를 받을 수밖에 없었다.

"여보세요."

성준은 스마트폰을 귓가로 가져가며 말했다.

-강성준 씨. 좋은 소식이 있어요.

스마트폰을 통해 전달되는 설아의 들뜬 목소리에 성준의 두 눈이 반짝였다. 그녀가 전할 만한 좋은 소식은 신약개발연구소 인수와 관련된 것밖에 없었기 때문이었다.

-서국 신약개발연구소를 1조 5천억 원에 인수 협상에 성공했어요.

"정말입니까?"

수혁의 치료제 개발을 진행할 수 있다는 생각에 성준의 목소리에서도 활기가 넘쳤다.

-네. 강성준 씨가 움직일 수 있는 자금의 한계가 1조 5천억 원이었던 걸로 기억하는데 제 기억이 정확한가요?

설아와 인수 문제로 이야기하면서 동원할 수 있는 자금에 대해 언급한 적이 있었다. 그녀는 그것을 기억하고 있었던 것이다.

"예, 그 정도가 한계입니다."

-장비랑 추가 인력을 확보하는 문제는 천천히 생각하고 일단은 인수부터 진행하는 게 좋을 것 같아요.

"저도 그렇게 생각합니다."

성준도 설아의 의견에 동의했다. 인수를 진행하는 것보다 급한 일은 없었다.

-아무튼, 최종 승인을 받으려고 전화했어요. 이대로 진행하면 되는 거죠?

설아가 물었다.

"물론입니다. 그렇게 진행해 주세요."

-알겠어요. 금방 끝날 거예요.

설아가 대답했다.

신약개발연구소를 인수하는 데에는 복잡한 절차가 필요하지만, 그것은 그녀가 모두 처리해 주기로 했기 때문에 든든했다.

-다시 연락드릴게요.

그 후로 설아가 다시 연락이 올 때까지 일주일의 시간이 걸렸다. 그동안 성준은 SS급 판정 축하 메시지와 전화에 시달렸다.

설아는 좋은 소식과 함께 여러 서류를 전달하기 위해 성준이 살고 있는 오피스텔 근처까지 찾아왔다.

"강성준 씨! 여기예요!"

성준이 공원에 들어서자 설아가 예전에 비해 훨씬 밝아진 목소리로 그의 이름을 불렀다. 성준은 주변을 살핀 끝에 설아를 찾을 수 있었다.

주말임에도 불구하고 그녀는 정장 차림이었다.

"인수가 끝났어요. 이 서류를 받는 순간부터 강성준 씨는 서국 신약개발연구소의 이사장이 되는 거예요."

설아가 말을 마치며 건네는 서류 가방을 성준은 비장한 표정으로 받았다. 그리고 가방 안의 내용물을 한 차례 확인하고는 입을 열었다.

"확실하네요. 고생이 많으셨습니다."

"웬만한 일에는 강성준 씨가 권한을 행사할 수 있게 손을 써 뒀으니까 피곤한 일은 없을 거예요."

설아가 말했다.

그녀의 일 처리는 빠르고 정확했다. 성준도 그 점은 인정하고 있었다.

"일 잘했죠?"

설아가 물었다.

평소답지 않게 애교가 살짝 섞인 듯한 목소리에 성준은 물론이고 설아 본인도 당황한 듯 입을 살짝 가렸다.

"네. 잘하셨습니다."

"상 같은 거 없어요?"

"원하시는 거라도 있습니까?"

성준이 물었다. 1조 5천억 원이 순식간에 사라졌지만, 여전히 상당히 많은 돈이 계좌에 남아 있었다. 설아가 구할 수 없는 것도 성준이라면 구할 수 있었다.

진지하게 말하는 성준을 보며 설아는 장난스러운 표정으로 입을 열었다.

"오늘 당신의 시간을 저한테 조금만 양보해 주세요."

"오늘 같이 있어 달라는 말입니까?"

성준은 확인을 위해 질문했다. 설아의 표정이 장난스러웠기 때문이었다.

하지만 성준이 묻자 그녀는 언제 그랬냐는 듯 진지한 표정으로.

"네. 술도 한잔해 주시면 좋을 것 같아요."

"정말 그걸로 충분합니까?"

며칠 동안 휴식할 생각이었기 때문에 오늘 하루 남는 시간을 설아에게 할애하는 것 정도는 괜찮다고 생각했다.

"충분해요."

설아가 대답했다.

"알겠습니다. 칵테일 괜찮죠? 근처에 괜찮은 바가 있습니다."

성준의 제안에 설아도 고개를 끄덕였다.

성준은 칵테일 바로 설아를 안내했다. 조용하고 분위기 있는 곳이었다. 두 사람은 각자 마시고 싶은 것과 안주를 시킨 뒤, 가벼운 대화를 나누며 술과 분위기를 즐겼다.

"슬슬 일어날까요?"

설아가 취한 것 같았다. 성준은 취한 그녀를 또다시 호텔에 던져두고 오는 귀찮은 일은 하기 싫었기 때문에 그만 술자리를 끝내는 게 좋겠다고 판단했다.

하지만 설아는 고개를 저으며 입을 열었다.

"저 안 취했어요. 술이 더 필요해요."

설아의 말에 성준은 그녀의 고집을 꺾을 수 없다는 사실을 깨닫고는 한숨을 쉬었다. 분위기에 취한 듯 젖어 있는 그녀의 눈동자는 뭔가를 말하고 싶어 하는 것 같았다.

"어떤 술 마실래요?"

"당신의 입술이요."

잠시 공기가 얼어붙었다. 성준이 뭔가를 말하기 전에 설아가 얼굴이 새빨갛게 물들어서는 의자에서 벌떡 일어났다.

"자, 잠깐! 실례할게요!"

알콜의 힘을 빌려서 무리수를 던진 듯했다.

그녀는 손가방을 떨어뜨릴 정도로 급하게 자리를 비웠다. 떨어진 손가방에서 작은 책 한 권이 튀어나왔다.

성준은 두 눈을 가늘게 뜨고 그것을 읽었다.

"이성을 유혹하는 8가지 확실한 방법?"

성준은 혼란스러웠다. 읽어 보지는 않았지만 조금 전에 설아가 던진 썰렁한 농담으로 볼 때 유익한 내용은 아니라는 것을 알 수 있었다.

다행히도 설아를 집까지 데려다준 다음 날 연락을 했을 때 그녀가 기억하고 있는 것은 서국 신약개발연구소를 인수하는 데 필요한 서류를 넘겨 준 일뿐이었다.

설아가 술을 많이 마신 탓에 2일이 지난 뒤에서야 서국 신약개발연구소에 방문할 계획을 세울 수 있었다.

"연구소에는 미리 연락을 해두었어요. 내일 원하는 시간에 방문할 수 있어요."

설아가 말했다. 그녀는 제법 많이 취했었지만, 이틀이 지나면서 숙취에서 완전히 회복된 모습을 보였다.

"다들 뭐 하고 있습니까?"

"업무 지시가 하달되지 않았기 때문에 대기 상태에요. 출근은 정상적으로 하고 있어요."

"불안해하지는 않습니까?"

성준이 물었다.

연구소의 사정이 안 좋아져서 인수되었으니 '정리'될까 봐 두려운 마음도 어느 정도는 가지고 있을 것이라 생각했다.

"전혀 없다고 하면 거짓말이겠죠?"

설아가 솔직하게 대답했다.

다들 불안한 마음을 가지고 있는 것은 사실이었다. 이제 서국 신약개발연구소의 운명은 성준에게 달려 있었다.

"하긴, 이해는 합니다."

"몇 시에 방문할 생각이세요? 책임 연구원한테 전달해두는 게 좋을 것 같아서요."

"책임 연구원이 가장 상급자입니까?"

성준의 물음에 설아는 고개를 끄덕이며 입을 열었다.

"네. 전 연구소장은 이번 경영 악화에 연루되어 있어서 스스로 물러났어요."

설아는 말을 끝맺은 뒤, 물을 한 모금 마셨다. 그리고 전 연구소장이 물러나게 된 배경을 성준에게 자세하게 설명했다. 설명이 끝나고 성준은 모든 것을 이해했다는 표정으로 고개를 끄덕였다.

"무슨 일이 있었는지 알 것 같네요."

성준이 말했다.

연구소장은 성과를 위해 보고서를 조작했을 뿐만 아니라 연구 자금을 횡령하기까지 했으니 좋지 않은 부류였다.

"전 연구소장은 고소를 당했지만 이건 우리가 상관할 일이 아니에요."

"오후 3시쯤 찾아가는 게 좋을 것 같네요."

성준이 의견을 말했다. 설아는 잠깐 고민하더니 이내 고개를 끄덕였다.

"적당한 것 같아요."

그녀는 대답과 함께 서류 가방에서 뭔가를 꺼내 테이블 위에 올려놓았다.

"이게 뭡니까?"

"연구소 간부들에 대해 요약한 간단하게 요약한 보고서에요. 새로운 연구소장을 뽑을 때 도움이 될 거예요."

연구소장의 자리를 공석으로 두는 것도 좋지 않았다.

"아…… 고맙습니다. 빈번히 도움을 받네요."

"저야말로 도움이 되어서 기쁜 걸요."

미소 짓는 그녀의 얼굴에서 진심이 느껴졌다.

"그럼 내일 2시 정도에 오피스텔로 데리러 갈게요. 원래 처음 방문할 때는 이미지가 중요해요. 운전기사 한 명 정도는 달고 가는 게 좋죠. 마침 저도 내일 한가하니까 같이 가드릴게요."

"알겠습니다. 오늘 시간을 너무 많이 뺏었네요."

"강성준 씨한테 내주는 시간은 아깝지 않으니까 걱정하지 마세요. 할아버지도 이해해 주고 있고요."

설아의 할아버지인 윤태석 회장은 성준과 관련된 일이라면 설아가 업무에 조금 빠져도 질책하지 않았다.

"그럼 가보겠습니다."

성준은 그녀의 개인 사무실을 나왔다. 설아는 성준을 1층까지 배웅했다.

성준은 그녀가 준 서류를 챙겨 들고는 오피스텔로 돌아왔다. 그리고 리슈발트와 함께 연구소 간부들에 대한 정보를 자세히 읽었다.

-나한수라는 이름의 책임 연구원이 소장직에 적합해 보이는 것 같습니다.

"그런 것 같아."

리슈발트의 의견에 성준도 고개를 끄덕이며 동의했다.

연구소장 후보가 여러 명 있었지만, 현재 책임 연구원으로 있는 나한수가 가장 적합해 보였다. 설아가 추가로 첨부한 종합 평가에서도 그가 가장 유능하다고 적혀 있었다.

곧 데려올 외부 인력에게 맡길까 하는 생각도 있었지만, 연구소장은 아무래도 연구소를 잘 아는 사람이 맡는 게 좋다고 생각되었다.

"그리고 주성은 선임 연구원이 책임 연구원을 맡게 하면 완벽해."

성준은 자기 나름대로 설계한 조직도를 리슈발트에게 이야기했다. 성준의 이야기를 끝까지 들은 리슈발트는 감탄한 표정으로 고개를 끄덕였다.

-훌륭한 의견입니다!

그리고, 다음 날이 되었다. 오후 2시가 되자 약속한 대로 설아가 검은 세단을 타고 나타났다.

"어서 타세요."

성준은 뒷좌석, 설아의 옆자리에 탑승했다.

목적지인 서국 신약개발연구소는 서울이 아닌 경기도에 위치해 있었다. 그래서 차를 타고 어느 정도 이동할 필요가 있었지만 오래 걸리지는 않았다.

"연구소장은 누구한테 맡길지 정하셨어요?"

설아가 물었다. 연구소장은 중요한 자리였기 때문에 그녀는 성준이 신중하게 결정할 수 있도록 많은 자료를 제공해 주었다.

"나한수 책임 연구원에게 맡길 겁니다."

"좋은 선택인 것 같아요. 서류에도 적혀 있었지만 제가 조사를 했는데 나한수 씨는 연구소에서 제일 실력 있는 인재일 뿐만 아니라 여러 면에서 뛰어나요."

설아가 극찬했다.

성준은 보고서가 아니라 실제로 만나보고 싶다는 생각이 들었다. 차를 타고 연구소로 가는 중이니까 곧 궁금증은 해결될 것이다.

"그러면 책임 연구원 자리가 공석이 되는데 후임은 정하셨나요?"

"특별한 일이 없으면 주성은 선임 연구원에게 맡길 생각입니다."

"괜찮은 선택인 것 같아요. 주성은 씨도 젊지만, 실력 있는 인재라고 평가받고 있어요."

"보고서가 많은 도움이 되었습니다."

설아가 준 보고서가 없었다면 결정을 내릴 때 시간도 오래 걸리고 쉽지도 않았을 것이다.

그의 말에 설아는 밝은 미소와 함께 입을 열었다.

"도움이 되었다니 다행이네요."

성준에게 도움이 될 수 있어서 기뻤다. 그녀의 솔직한 감정이었다.

"얼마나 더 가야 합니까?"

"이제 얼마 안 남았어요. 조금만 더 가면 돼요."

설아의 말대로 얼마 지나지 않아서 연구소 건물이 모습을 드러냈다. 본관은 6층 건물이었고 옆에 붙어 있는 별관은 4층 건물이었다. 주차장도 넓고 설아가 예전에 설명했던 대로 연구소 중에서는 규모가 큰 모양이었다.

성준과 설아를 태운 차가 주차장에 주차하는 모습을 발견한 누군가 달려왔다.

"나한수 씨네요."

안경을 쓴 준수한 외모의 남자는 현재 책임 연구원을 맡고 있는 나한수였다. 프로필과 다른 점이 거의 없었기 때문에 쉽게 알아볼 수 있었다.

주차가 끝나자 한수가 다가와 뒷좌석 문을 열어주었다.

"서국 신약개발연구소에 오신 것을 환영합니다."

그는 미소와 함께 두 사람을 맞이했다.

"연구소 내부 시설을 안내해 드리겠습니다."

성준과 설아는 한수를 뒤따라 이동하면서 연구소 시설을 확인했다.

한수는 중요한 설비를 지나칠 때마다 설명을 덧붙였다.

"그런데 연구소가 많이 비어 있는 것 같은 느낌이네요."

연구소 내부의 절반 이상을 확인한 성준은 감상을 말했다. 서류를 점검하고 있던 설아가 고개를 들었다.

"경영 악화 때문에 설비의 일부를 매각했다고 하네요."

"윤설아 씨의 말씀이 맞습니다. 지금 연구소의 시설은 예전과 비교했을 때 절반 정도입니다."

한수가 고개를 끄덕이며 동조했다.

'도대체 얼마나 팔았으면 시설이 절반밖에 안 남았어…….'

성준은 고개를 저을 수밖에 없었다.

연구 장비의 절반이 매각되었음에도 연구원들은 자리를 지키고 있었다. 진행 중인 연구는 인수와 함께 모두 중단되었지만, 기본적인 업무는 수행하고 있었다.

"조용한 곳 없습니까? 이야기를 조금 하고 싶은데……."

"소장실이 지금 비어 있습니다. 거기로 가시죠."

성준의 물음에 한수가 대답과 함께 앞장서서 안내했다. 연구소장실은 멀지 않은 곳에 있었다.

"여기입니다."

한수가 먼저 문을 열고 안으로 들어갔고 성준과 설아가 뒤따라 들어갔다. 연구소장실 안은 누가 정리했는지는 모르겠지만 깔끔했다.

성준과 설아가 소파에 앉자 한수가 믹스커피를 탁자 위에 올려놓았다.

"나한수 씨에게 연구소장을 맡기고 주성은 씨를 책임 연구원으로 승진시킬 생각입니다."

성준은 따뜻한 커피를 한 모금 마신 뒤, 본론을 꺼냈다.

갑작스럽게 주제가 시작되자 한수는 당황한 듯했지만 이내 표정을 수습하며 고개를 끄덕였다.

"알겠습니다. 주성은 선임 연구원에게는 제가 인수인계를 확실하게 해두겠습니다."

한수의 자신감 넘치는 태도는 성준을 안심시키기에 충분했다.

"또 지시할 내용이 있습니까?"

한수가 물었다.

그는 뭐든 열심히 하려는 모습을 보였다. 성준은 그게 마음에 들었다.

그는 미리 준비해 온 서류를 꺼내 한수에게 건넸다.

"이건 레빌 거버트 박사의 RG1 치료법과 관련된 논문이군요."

실력 있는 연구원답게 몇 문장 읽어 보지도 않았는데 서류의 내용을 파악했다.

성준은 고개를 끄덕이며 입을 열었다.

"RG1에 대해서 얼마나 알고 있습니까?"

"혈액암에 효과적인 치료제라고 알고 있습니다. 다만 유일하게 D타입 혈액암은 완벽하게 치료할 수 없다고 들었습니다."

한수가 말했다. 관련 분야 종사자답게 꽤 자세하게 알고 있었다. D 타입 혈액암은 성준의 아버지인 수혁이 앓고 있는 병이기도 했다.

"제가 지금부터 무슨 말을 할지 대충은 짐작이 가실 거라고 생각합니다."

성준은 진지한 표정으로 말했다.

그는 오늘 한수를 처음 만났지만, 그의 성격을 대충 파악할 수 있었다. 긴 설명은 하지 않았지만, 성준은 한수가 자신이 논문을 건네주고 질문한 이유를 짐작했을 것이라 생각했다.

"설마 D 타입 혈액암의 치료제와 관련된 연구를 진행하라는 말씀이십니까?"

"정답입니다."

예상대로 한수는 성준의 의도를 짐작하고 있었다. 성준이 고개를 끄덕이자 한수는 심각한 표정으로 입을 열었다.

"불가능한 건 없다고 생각하지만, 저희 연구소의 시설과 인력으로는 불가능에 가까울 정도로 힘듭니다."

현실적인 대답이었다. 하지만 성준에게도 생각이 있었다.

"세계 최고 수준의 장비가 배치될 겁니다. 그리고 우수한 연구 인력도 더 합류할 겁니다."

"돈이 아주 많이 들 겁니다."

한수의 말대로 세계 최고 수준의 시설을 갖추고 우수한 연구 인력을 확충하려면 돈이 많이 소모될 것이다. 하지만 성준의 입가에서 선명한 미소를 사라지지 않았다.

"돈은 전혀 신경 쓸 필요 없습니다. 모든 지원을 아끼지 않을 테니까 D타입 혈액암 치료제를 개발하세요. 최대한 빨리."

"알겠습니다. 확답은 드릴 수 없지만, 최선을 다하겠습니다."

성준은 한수와 함께 연구소에 대해 1시간 정도 깊은 대화를 나눈 뒤, 설아와 함께 서울로 돌아왔다. 한수와의 만남은 만족스러웠다.

설아는 성준을 오피스텔 바로 앞까지 태워주었다.

"나중에 또 연락할게요."

설아가 말했다. 일과 관련해서라도 성준과 대화를 계속하고 싶은 심정이었다. 태석으로부터 처음 지시를 받고 성준을 만낮을 때와는 많이 달라져 있었다.

오피스텔로 돌아온 성준은 소파에 앉아 스마트폰을 집어들었다. 마침 현성에게서 전화가 왔다.

"강성준입니다."

-저 김현성입니다. 강성준 씨. 어떤 제안이 들어왔는데 들어보시겠습니까?

"말씀해 보시죠"

-KTV 방송국의 '오늘의 헌터'라는 프로그램에서 출연 요청이 들어왔습니다. 아무래도 강성준 씨의 개인 연락처를 몰라서 저희 쪽으로 연락이 온 것 같습니다.

성준도 '오늘의 헌터'라는 프로그램은 알고 있었다. 자주는 아니지만, 가끔 시청한 적도 있었고 KTV에서 내세우는 간판이면서 대한민국에서 가장 유명한 헌터 소개 프로그램이었다. A급 이상의 헌터들 중에서 유명한 이들은 거의 대부분이 '오늘의 헌터'에 출연한 적이 있었다.

-선택은 강성준 씨의 몫이지만 저는 한 번 정도는 방송에 출연하는 것도 나쁘지 않다고 생각합니다. 이미지 메이킹에 엄청 도움이 되거든요.

현성이 말했다.

성준은 차분하게 생각을 정리했다. 그는 SS급 헌터가 된 순간부터 뉴스나 신문을 통해 그 사실이 보도되어서 유명세는 충분하다고 생각이 들었지만, 훗날 길드를 만들기 위해서는 조금의 이미지 메이킹도 필요하다고 생각되었다.

'그리고 한 번쯤은 방송에 나가보고 싶었지.'

과거 힘없이 살아가던 시절에는 가끔 시간이 날 때 '오늘의 헌터'를 보곤 했다. 그때마다 성준은 자신도 언젠가는 출연해 보고 싶다는 생각을 가졌었다.

-당분간 휴식할 생각이시니…… 기분 전환도 할 겸 다녀오시는 것도 좋을 거라고 생각됩니다.

리슈발트가 성준이 생각을 정리하는 것에 도움을 주었다. 그의 말대로 당분간 휴식 기간이었기 때문에 특별히 할 일도 없었다. 기분 전환 삼아서 연예인들 얼굴도 보고, 좋을 것 같았다.

"출연하겠습니다."

성준은 결정을 내렸다.

-그럼 방송국 측에 강성준 씨의 연락처를 전달해도 되겠습니까?

성준이 출연 결정을 내리면서 연락처 문제는 허락한 것이나 다름없었지만 현성은 신중하게 재차 확인했다.

"상관없습니다."

-그럼 전달하겠습니다. 오늘 안에 방송국에서 연락이 갈 겁니다.

통화가 끝났다.

오후 4시 정도가 되자 현성의 말대로 등록되지 않은 전화번호로 연락이 왔다. KTV 방송국이 분명했기 때문에 성준은 망설임 없이 스마트폰을 귓가로 가져갔다.

-혹시 강성준 헌터님 되시나요?

스마트폰 너머에서 누군가 정중한 말투로 물어왔다.

"네. 제가 강성준입니다."

-아! 반갑습니다, 강성준 헌터님. 저는 '오늘의 헌터' 조연출입니다.

전화를 건 사람은 이름을 밝히지는 않았지만, 자신에 대해 간단하게 소개했다. 여자 목소리였고 성준의 예상대로 KTV 방송국의 오늘의 헌터 관계자였다.

-우선 KTV 방송국을 대신해서 '오늘의 헌터' 출연 요청을 흔쾌히 허락해 주셔서 감사하다는 말을 전달할 겸 방송 일정 때문에 연락을 드렸습니다.

"방송 일정이요?"

-예, 저희 제작진에서는 모든 촬영을 헌터님의 일정에 맞출 준비가 되어 있습니다.

A급 헌터들은 바쁘고 S급 헌터들은 자기 마음대로 행동하는 경향이 강했기 때문에 '오늘의 헌터' 제작진은 헌터들에게 맞춰서 촬영 일정을 유동적으로 변경하는 것에 익숙했다.

"그렇습니까? 좋네요."

성준은 솔직하게 말했다. 좋은 건 좋은 거다. 그는 협탁에 놓인 달력을 확인했다. 당분간 특별한 일정은 없었다. 던전 솔플도 신청해 두지 않은 상태였다.

"당분간 던전 공략을 쉴 생각이라서 저는 신경 쓰지 마시고 일정을 잡아주시면 될 것 같습니다."

-정말 그래도 괜찮으시겠어요?

조연출은 확인을 위해 다시 질문했다.

"다시 말하지만 상관없습니다."

성준은 조연출을 안심시켜 주었다. 스마트폰 너머에서 안도하는 듯한 숨소리가 전해져 오는 듯했다.

-그러면 이번 주 금요일 괜찮으시겠어요?

조연출은 긴장을 풀지 않고 조심스럽게 물었다.

"불금이네요."

-죄, 죄송합니다……!

"아니에요. 괜찮습니다. 나중에 자세한 시간을 메시지로 보내주세요. 시간 맞춰서 가겠습니다."

-정말 감사합니다!

통화가 끝나고 다음 날 성준은 조연출로부터 정확한 일정을 메시지로 안내받았다.

그리고 금요일이 되었다.

성준은 아침 일찍 일어나서 샤워를 끝낸 뒤, KTV 방송국으로 차를 몰았다. 주차를 끝낸 뒤 그는 조연출에게 전화를 걸었다.

"강성준입니다. 지금 방송국 주차장입니다."

-아! 강성준 헌터님! 조금만 기다려주시겠어요? 저도 방금 출근했어요. 5분 안에 로비로 나갈게요!

통화가 끝나지도 않았는데 짐을 정리하는 듯한 소리가 들렸다. 성준은 옅은 미소를 머금은 채 스마트폰을 집어넣고는 건물 안으로 들어갔다. 로비에는 휴게 시설이 갖춰져 있었다.

성준은 자판기에서 커피 한 잔을 뽑아 마시면서 조연출을 기다렸다.

"강성준 헌터님!"

누군가 성준을 불렀다. 성준은 목소리가 들리는 방향으로 고개를 돌렸다. 사원증을 목에 걸고 있는, 단발에 아담한 체형의 여성이 빠른 걸음으로 달려왔다.

"강성준 헌터님 맞으시죠?"

그녀는 조심스럽게 물었다. TV와 인터넷에서 성준의 모습을 본 적은 있었지만, 실물은 처음이었기 때문에 확인이 필요했다.

"예, 접니다."

"휴우! 다행이다! 사진보다 잘 생기셔서서 제가 잘못 봤나 싶었어요!"

"하하하…… 칭찬으로 듣겠습니다."

악의는 없어 보였기 때문에 성준은 미소와 함께 대답했다, 그 모습을 보며 베시시 웃던 조연출은 아차 하는 표정으로 자신의 작은 주먹으로 살짝 쳤다.

"아! 죄송해요, 제 소개가 늦었네요. 저는 '오늘의 헌터' 조연출을 맡고 있는 이나현이라고 합니다!"

뭔가 싶었는데 자기소개를 깜빡한 것이었다.

"네, 반가워요."

"그리고 이건 임시 출입증입니다. 이거 있어야 출입할 수 있으니까 잃어버리면 안 돼요!"

나현은 성준에게 사원증과 비슷한 크기의 카드를 건넸다.

"시간이 많이 남았는데 방송국 구경하시겠어요?"

나현이 물었다.

방송 출연을 위한 사전 준비 시간을 포함해도 시간이 많이 남았다. 성준은 고개를 끄덕였다. 생각해 보니 대기실에서 멍하니 있는 것보다는 방송국 구경이라도 하는 게 좋을 것 같다고 생각되었다. 성준은 나현과 함께 30분 동안 방송국을 둘러보았다. 나현은 각 장소에 대해 간단한 설명을 덧붙여 주었다.

실내 스튜디오의 구경이 끝나자 나현은 시계를 확인했다.

"헌터님! 이제 대기실로 가도 될 것 같아요!"

"안내해 주시죠."

"네!"

나현은 대기실로 성준을 안내했다. 개인 대기실이었고 내부는 넓었다. 대기 시간을 최소화시키라는 지시가 있었는지는 몰라도 성준은 10분 정도만 기다리고 메이크업을 받은 뒤, 촬영장으로 이동했다.

촬영장에는 모든 인원이 성준을 기다리고 있었다.

"안녕하세요?"

겨울이었지만 짧은 바지를 입은 단발의 여성이 다가와 인사를 건넸다. PD와 인사를 나누고 있던 성준의 시선이 그녀에게 향했다.

"개인적으로 뵙고 싶었어요."

옷차림으로 보니 아이돌인 것 같았지만 유감스럽게도 성준은 관심이 없는 분야였기 때문에 누군지 알 수 없었다.

-아이돌 그룹 멤버인 민현지입니다. 고향이 파주인 걸로 알고 있습니다. 주군께 호의를 가지는 것도 이상한 일은 아니군요.

리슈발트가 설명했다. 그는 꽤 자세히 알고 있었다.

"저도 반갑습니다. 민현지 씨."

성준도 미소와 함께 현지에게 인사를 건넸다. 대한민국 최초의 SS급 헌터가 자신의 이름을 알고 있다는 사실이 기쁜 것인지 그녀의 입가에 환한 미소가 번졌다.

"오늘 잘 부탁드려요."

"저도 잘 부탁드리겠습니다."

PD가 촬영의 시작을 알렸다. 촬영은 순조롭게 진행되었다. PD는 성준의 인간미를 강조했다.

"수고하셨습니다!"

촬영이 끝나고 뒷정리가 시작되었다. 성준도 PD와 짧은 대화를 끝내고 촬영장을 벗어나기 위해 발걸음을 옮기려던 순간이었다.

현지가 그의 앞을 막아섰다. 그녀는 성준에게 자신의 번호가 적힌 수줍게 건네고는 사라졌다.

성준은 말없이 주차장으로 향하며 스마트폰에 그녀의 전화번호를 등록했다.

-연락할 생각이십니까?

리슈발트가 물었다.

성준은 가벼운 미소를 머금은 채 입을 열었다.

"나한테 이득이 된다고 판단되면."

제국 특무군 사령부.

제복을 입은 금발의 남자가 특무군 정예병들이 도열한 긴 복도를 따라 걷고 있었다.

그는 제국 특무군의 조사 부대의 최고 지휘관인 볼트였다.

그는 제국에서 '이계 전이'라고 부르는 차원 단절 현상을 조사하다가 뭔가 중요한 것을 발견했고 그것을 보고하기 위해 사령관인 아레스 백작이 있는 곳으로 급히 발걸음을 옮기고 있었다.

"조사 부대 최고 지휘관인 볼트다. 길을 열어라."

볼트가 단호하게 말했지만 앞을 막아선 특무군 장교는 비켜서지 않았다.

"특무군 사령관님께서는 황실 마탑주 안펠리코 후작님과 대화 중이십니다. 방해하지 말라는 명령이 있었습니다."

"급히 보고할 게 있다고 전해주겠나? 이계 전이와 관련된 문제다."

"즉시 전달하겠습니다."

문 앞을 지키고 있던 특무군 장교 한 명이 안으로 들어가서 볼트의 말을 전달했다.

그는 3분 정도의 시간이 지난 뒤, 밖으로 나왔다.

"들어가서도 좋습니다."

그가 수신호를 보내자 다른 장교 2명이 문을 열었고 볼트는 사령관 집무실로 황급히 들어갔다. 특무군 장교의 말대로 집무실에는 아레스와 안펠리코가 있었다.

"이계 전이와 관련해서 급히 보고할 게 있다고 했나?"

아레스가 물었다.

현재 제국에서는 성준의 각성 던전 공략으로 생기는 현상을 '이계 전이'라고 부르고 있었다. '이계 전이'로 인해 입는 피해가 시간이 지날수록 많이 누적되고 있었기 때문에 제국에서는 심각한 문제로 다루고 있었다.

"이계 전이가 발생한 현장에서 검으로 인한 상흔을 여럿 발견했었고 고등 수준의 분석 능력을 갖춘 모든 마탑에 분석을 요청했었습니다."

"결과가 나온 것이냐?"

아레스가 두 눈을 반짝이며 물었다. 얼마 전에 진행 상황을 보고 받았던 게 기억났다.

볼트는 차분한 표정으로 입을 열었다.

"그렇습니다. 분석 결과 절반 이상의 마탑에서 전 최고 기사 로우켈의 검술이 확실하다는 결론을 내렸습니다."

"그게 정말인가?"

"예, 기사 여단에서도 다시 한번 확인해 주었습니다."

"로우켈이…… 돌아왔다는 말인가?"

아레스의 눈동자가 흔들렸다. 최강의 검성이라는 수식이 붙었던 그가 돌아온다면 현재 제국은 치명적인 피해를 입을 것이다.

"그럴 리는 없습니다. 로우켈의 사망은 황실 마탑에서 확인했었고 제자는 없는 걸로 밝혀졌습니다."

안펠리코가 말했다.

리도니아 대평원 전투에서 로우켈이 목숨을 잃었을 때 황실 마탑에서는 시체를 확인하고 제자의 존재를 추적했었다.

"하지만 이 현상은 이계에서 시작된 걸로 알고 있습니다. 로우켈이 이계에 뭔가 숨겨놨을지도 모르는 거 아닙니까?"

"그럴 가능성은 희박합니다."

"로엘…… 로우켈이 가지고 있던 그 검! 그거, 제대로 보관하고 있는 거 맞습니까?"

"물론입니다. 지금 확인해 보겠습니다."

안펠리코는 수정구를 꺼내서 황실 마탑으로 통신을 연결했다. 로우켈의 시체에서 회수한 검은 황실 마탑에서 보관하고 있었다.

-마탑주님 방금 확인했습니다!

수정구에서 고위 마법사의 목소리가 흘러나왔다. 그의 목소리가 가느다랗게 떨리고 있었다. 안펠리코는 불안한 감정이 치솟는 것을 느낄 수밖에 없었다.

"로엘은 멀쩡하게 있겠지?"

-소실되었습니다.

모두가 할 말을 잃었다.

로우켈의 귀환이 제국에서 확정된 순간이었다.

7장
힐의 새로운 발견

　S급 던전은 흔하지 않기 때문에 가끔 출현하게 되면 경쟁이 붙을 때도 있었다. 지금 성준이 겪고 있는 게 바로 그랬다.

　"지금 다른 길드에서 우선 점유권을 사용한 게 확인되었습니다."

　얼마 전부터 성준의 전속 담당자가 된 한소은은 얼마 전에 출현한 S급 던전을 다른 길드에서 우선 점유하려는 시도를 하고 있다는 사실을 알렸다.

　성준은 눈살을 찌푸렸다. S급 던전은 희귀하기 때문에 예상하지 못한 전개는 아니었지만, 경쟁이 붙었다는 사실에 기분이 편안하지는 않았다.

　"우선점유권…… 제가 가진 게 있는 걸로 압니다."

"예, 지금 수량을 파악하도록 하겠습니다."

"그럴 필요 없습니다. 다 사용해 주세요. 그 정도면 충분하겠죠?"

"무, 물론 충분합니다만…… 괜찮으시겠어요?"

소은이 확인을 위해 질문했다.

지금 성준이 가지고 있는 우선 점유권의 수는 적시 않았다. 모두 사용하려면 아깝다는 생각이 들 수도 있겠지만 성준은 망설임 없이 고개를 끄덕였다.

"상관없습니다. 집에 가서 기다리고 있을 테니까 나중에 결과나 알려주세요."

"2시간 안에 연락드릴게요."

성준은 오피스텔로 돌아와 헌터 닷컴을 하면서 시간을 보냈다. 야심 차게 마음먹고 S급 던전을 공략하려고 했지만 흔하게 출현하는 등급이 아니다 보니 쉽지 않았다.

그리고 정확히 2시간 뒤, 소은에게서 전화가 왔다.

-헌터님! S급 던전 우선 점유에 성공했습니다!

그녀는 들뜬 목소리로 기쁜 소식을 전했다.

성준은 안도했다. 가지고 있는 우선 점유권을 전부 사용하긴 했지만, 결과를 장담할 수 없었던 일이었다. 상대가 더 많은 우선 점유권을 사용하면 성준이 지는 경쟁이었다.

"정말입니까? 다행이네요."

-헌터님의 요청대로 최대한 빨리 일정을 잡아두었습니다.

소은이 말했다.

"공략 일정은 언제입니까?"

-이틀 뒤 오후 3시입니다!

"알겠습니다. 수고하셨습니다."

조금 빠른 느낌이 없지는 않았지만, 성준이 일찍 잡아달라고 요청한 것도 사실이었고 충분히 휴식했기 때문에 별다른 말을 남기지 않았다.

S급 던전의 솔플은 처음이었다. 성준의 전투력이 우수하다고는 하지만 S급 던전은 넓어서 공략 시간이 오래 걸린다. 그래서 그는 오랜만에 헌터 마트에 방문하여 필요한 것들을 구입했다.

시간은 빨리 흘러 이틀 뒤 오후 3시가 되었다.

성준은 모든 준비를 끝내고 던전 입구에 모습을 드러냈다.

"강성준 헌터님? 마지막으로 확인 작업을 거쳐도 되겠습니까?"

대기하고 있던 던전 관리국 직원이 정중하게 물었다.

던전에 입장하기 전에 거치는 확인 절차는 성준이 SS급 헌터가 되어도 변하지 않는 중요한 것이었다.

"여기 있습니다."

"확인했습니다. 입장하셔도 좋습니다."

성준은 헌터 자격증을 직원에게 보여줬다. 간단한 확인 절차가 끝나고 성준은 던전에 입장할 수 있었다.

-워프 게이트입니다.

리슈발트가 말했다.

S급 던전답게 흔치 않은 워프 게이트가 있었다. 성준은 말 없이 워프 게이트에 올라가서 마력을 운용했다. 그러자 백색의 섬광이 시야를 물들였다.

정신을 차렸을 땐 전혀 다른 공간에 와 있었다.

"요새형 던전인가……?

300m 정도 떨어져 있는 곳에 거대한 요새가 있었다. 그리고 요새로 향하는 길에 다수의 마력 반응이 느껴졌다.

"아무래도 골렘인 것 같은데? 정찰을 부탁할게."

-주군의 명에 따릅니다.

리슈발트가 잠시 모습을 감췄다.

그리고 10분 정도의 시간이 지난 뒤, 다시 돌아왔다.

-아이언 골렘입니다.

리슈발트는 정찰 결과를 보고했다.

"골렘 종류는 조금 귀찮은데……."

온몸이 강철로 이루어진 아이언 골렘은 상대하기 까다로운 A급 마물이지만 오러 사용자이면서 SS급 헌터인 성준에게는 덩치가 커서 귀찮은 상대에 불과했다.

"수는?"

-모두 모여 있고 9기입니다. 주군께서 접근하면 일제히 습격해 올 것 같습니다.

"매복한 상태라는 거지?"

-그렇습니다. 이미 저와 주군한테 발각되었지만요.

매복을 들킨 상황에선 이점이 상당히 많이 상실된다.

"가자."

성준은 리슈발트와 함께 아이언 골렘들이 매복하고 있는 곳으로 걸음을 옮겼다. 성준이 다가오자 땅에 매복하고 있던 아이언 골렘들이 몸을 일으키면서 지진이라도 난 것처럼 대지가 전율했다.

-침입은!

-불허한다!

스톤 골렘과는 다른 점 중 하나가 마법으로 만든 목소리가 탑재되어 있다는 것이었다.

그들은 A급 마물답게 스톤 골렘보다 민첩했다. 순식간에 9기가 모두 모습을 드러냈다.

1기가 팔에 부착된 날카로운 송곳을 휘두르며 돌진해왔고 나머지는 성인 남성 머리통 몇 개를 합친 것 같은 크기의 강철 투사체를 발사했다.

"슬래시."

성준은 자신을 향해 거리를 좁혀 오는 아이언 골렘을 먼저 노리고 오러 참격을 날렸다.

아이언 골렘이 민첩하다고는 하지만 동조율이 50%를 넘은 성준의 오러 참격을 피하기에는 무리였다. 오러 참격은 아이언 골렘이 회피하기 곤란한 곳을 정확하게 노렸다.

쿵!

아이언 골렘은 회피 기동을 전개했지만 결국 오른쪽 다리가 오러 참격에 의해 절단되면서 힘없이 쓰러지고 말았다.

거체가 쓰러지면서 육중한 울림이 성준에게까지 전달되었다.

"실드."

강철 투사체들은 '용의 가호'에 부여된 실드를 사용해서 막아냈다.

-옵니다.

리슈발트가 경고했다.

원거리 공격이 막히자 골렘들이 성준을 향해 돌진하기 시작한 것이다. 성준은 오러가 깃든 검을 차분한 표정으로 들어 올렸다. 이윽고 그의 몸이 사라졌다.

쿵! 쿵! 쿵!

성준이 다시 모습을 드러냈다. 일격에 '핵'을 파괴당한 아이언 골렘들이 힘없이 쓰러졌다.

"흡수."

성준은 '흡수'로 체력과 마력을 회복한 뒤, 요새를 향해 발걸음을 옮겼다. 이제 요새 밖에서 느껴지는 마력은 없었다. 길목을 지키는 파수꾼은 아이언 골렘이 전부인 것 같았다.

-강철입니다. 그리고 방어 마법이 각인되어 있습니다.

성문에 접근하자 리슈발트가 분석을 끝내고 보고했다.

강철 성문에 방어 마법을 각인하면 내구력이 비약적으로 상승하지만 오러 앞에서는 큰 의미가 없었다. 성준은 오러가 깃든 검으로 성문을 조각내고 요새 안으로 진입했다.

-리빙 아머입니다.

리슈발트가 보고했다.

요새 안으로 들어서기 무섭게 다수의 마력 반응과 함께 수백의 리빙 아머가 성준을 포위했다. 리빙 아머 중에서도 A급 마물로 분류되는 지휘관급도 20기 이상 보였다.

"리슈발트."

리빙 아머들이 포위를 좁혀 오는 동안에도 성준은 차분한 표정으로 리슈발트를 불렀다.

-말씀하십시오, 주군.

"지금 동조율의 검풍으로 리빙 아머의 갑옷을 찢을 수 있을까?"

-지휘관급은 무리겠지만 B급 마물에 불과한 보통의 리빙 아머가 입고 있는 갑옷은 많이 두껍지 않습니다. 질풍검이나 폭풍검의 검풍으로 충분히 정리할 수 있을 것입니다.

리슈발트의 설명에 성준은 고개를 끄덕이며 검을 들어 올렸다. 마력을 끌어 올리자 기회를 보고 있던 리빙 아머들이 단숨에 거리를 좁혀 왔다.

그들 중에서도 지휘관급 하나가 다른 리빙 아머 19기와 함께 성준에게 합격진을 펼쳤다.

"하앗!"

성준은 기합과 함께 일격에 지휘관급을 양단하고 19기의 리빙 아머를 넘어서 진형 깊숙이 침투했다.

"폭풍검."

시동어를 내뱉으며 검을 휘두르기 무섭게 검풍이 휘몰아쳤다. 리빙 아머들은 힘없이 쓰러졌고 그나마 두꺼운 갑옷을 입은 지휘관급들만 남았다.

하지만 그들조차 성준의 상대가 되지 못했다. 성준은 현란한 검술을 발휘하여 그들을 베었다. 지휘관급 리빙 아머들의 검술 실력도 뛰어난 편이었지만 성준의 검술에 대응하기에는 무리였다.

"정찰."

지휘관급 리빙 아머들마저 전멸시킨 성준은 리슈발트에게 던전의 정찰을 명령했다. 이윽고 리슈발트가 정찰을 끝마치고 돌아왔다.

-지하에도 시설이 있는 것 같습니다. 문이 잠겨 있고 마력 간섭이 심해서 들어가지는 못했습니다. 아마도 보스가 있는 것 같습니다.

"열쇠를 가지고 있는 마물이 있나?"

성준이 물었다.

지하로 향하는 문을 열 수 있는 열쇠를 가지고 있는 마물이 없다면 '안벨의 만능열쇠'를 사용할 수밖에 없었다.

그건 조금 아깝다고 생각했다.

-내성이 탑이 있습니다. 그 꼭대기에 열쇠가 보관되어 있는 작은 상자가 있습니다.

리슈발트가 대답했다.

"그럼 일단 거기로 가야겠네. 안내해."

-알겠습니다.

리슈발트는 성준을 내성으로 안내했다.

내성으로 가는 길에 무수히 많은 리빙 아머와 아이언 골렘들이 앞을 막아섰지만 성준은 쉽게 격파했다. 문제는 요새가 매우 넓다는 것이었다. 전투를 거쳐서 탑까지 도달하는 데 5시간이 걸렸다. 탑에는 마물이 없었다.

성준은 꼭대기까지 올라가서 상자에 보관 중이던 열쇠를 가지고 나왔다.

"이제 지하로 안내해."

성준은 리슈발트와 함께 지하로 향했다.

내성의 저택에 지하로 향하는 작은 철문이 있었다. 작았지만 오러를 방어할 수 있을 정도의 강력한 방어 마법이 각인되어 있었기 때문에 열쇠를 사용할 수밖에 없었다. 지하의 문을 열고 내려가기 무섭게 강한 마력 반응이 느껴졌다.

"은신."

성준은 기습을 가하기 위해 은신 아이템을 사용하고 기척을 죽였다.

-침입자인기?

마법으로 만들어진 목소리였다. 어둠 속에서 고요하게 빛나는 횃불 아래 거대한 대검을 든 리빙 아머가 서 있었다.

-마스터급 리빙 아머입니다.

리빙 아머 중에서도 마스터급은 하위 티어기는 하지만 S급 마물로 분류되며 수준 높은 검술과 오러 아머를 사용하는 탓에 상대하기 까다로운 마물이었다.

'1기가 아니군.'

2기가 더 보였다. 총 3기였다. 각자 대검과 장검, 그리고 창으로 무장한 모습이었다.

성준은 기척을 죽이려고 노력했지만, 장시간 전투로 인해 조금 소홀히 하고 말았고 마스터급 리빙 아머들은 은신 특유의 마력 흐름을 감지했다.

-오러 아머!

그들은 일제히 오러 아머를 켜고 무기를 들어 올렸다.

-주군! 지금 기습해야 합니다!

리슈발트가 말했다. 그의 말은 틀리지 않았다. 조금 더 머뭇 거리다가는 위치마저 들킬 수 있었다.

성준은 리슈발트의 말에 대답하는 대신 행동했다.

장검을 든 마스터급 리빙 아머와 일순간에 거리를 좁혔다. 고속 이동술을 펼친 탓에 은신이 풀렸지만, 너무나 빨라서 표적이 된 마스터급 리빙 아머는 미처 대응하지 못했다.

"하앗!"

-이, 이런!

성준은 기합과 함께 장검을 든 마스터급 리빙 아머를 베었다. 오러 아머가 전신을 보호하고 있었지만 유감스럽게도 성준의 오러가 더욱 강력했다. 그가 쓰러지고 다른 2기가 덤벼들었지만, 성준은 공격을 받아내면서 속임수를 섞은 반격으로 대응했다. 남은 둘도 몇 분을 버티지 못하고 쓰러졌다.

그래도 몇 분이면 성준을 상대로 오래 버틴 편에 속했다.

"보스방까지는 얼마나 남았지?"

-주군의 전투 속도를 가정하면 10시간은 더 가야 합니다.

한숨이 나왔지만 성준은 던전 공략을 계속해서 진행했다. 중간에 2번 정도 휴식을 취했다.

'흡수' 덕분에 휴식이 짧아도 체력과 마력의 소모는 적은 편이었다.

-보스방입니다.

리슈발트가 말했다.

안에서 강한 마력이 느껴지는 것 같았다.

문을 열기 무섭게 성준을 노린 것은 붉은색의 광선이었다.

성준은 옆으로 몸을 날려 광선을 피했다.

-석화 저주를 담은 광선입니다.

리슈발트가 경고했다.

광선이 닿은 곳이 돌이 되어 있었다. 성준은 돌로 변한 부분을 힐끗 보더니 광선이 날아온 전방을 향해 시선을 옮겼다. 그곳에는 머리카락이 뱀으로 이루어진 마물이 서 있었다.

"예상외야."

성준은 혼잣말을 중얼거렸다.

설마 최하위 티어지만 SS급에 속하는 메두사가 보스로 등장할 줄은 몰랐다.

-S급 최상위 티어가 보스로 나올 거라 예상하신 겁니까?

"그런 셈이지. 하지만 변하는 건 없어."

SS급 마물이라도 사냥 대상이라는 사실이 변하는 것은 아니었다.

"후우!"

성준은 호흡을 가다듬으며 메두사와 천천히 거리를 좁혔다. 신화 속에 등장하는 존재와는 달리 시선만으로 석화 저주에 걸리는 건 아니었다. 메두사는 고대 그리스풍의 갑옷을 입고 장검과 방패로 무장했다. 검과 방패에는 선명한 오러가 깃들어 있었다.

"혼자서 나를 상대하러 온 거야? 어이가 없어서 웃음이 나오려고 하네."

메두사는 미소를 흘리며 말했지만 머리의 뱀들 때문에 섬뜩하게 느껴졌다.

성준은 말없이 천천히 거리를 좁혔다.

"윈드 커터!"

메두사는 더 이상 거리를 좁히는 것을 허용하지 않았다. 날카로움을 머금은 바람의 칼날 수십이 사방에서 성준을 노렸다.

-메두사는 고위 마법까지 구사할 수 있습니다!

리슈발트가 설명했다.

성준은 윈드 커터를 피하며 방어 자세를 굳혔다.

그를 향해 메두사는 석화 저주가 담긴 광선을 두 눈에서 발사했다. 광선이라는 단어가 어울릴 정도로 빠른 속도였고 성준은 간신히 회피했다.

'용의 가호'는 사용하지 않았다. 그것은 S급 아이템이기 때문에 SS급 마물인 메두사의 고유 저주를 막아낼 수 있다는 확신이 없었다.

"블링크!"

성준이 접근하자 메두사는 블링크까지 사용하며 철저하게

거리를 벌렸다. 검과 방패를 들고 있었고 오러 사용자였지만 성준과 정면 대결했을 때 자신이 근접전에서 밀릴 거라는 사실을 예상했기 때문이었다.

하지만 유감스럽지만 성준도 신발 아이템 덕분에 '블링크'를 사용할 수 있었다.

"블링크!"

벌어졌던 간격이 다시 좁혀졌다.

그 모습을 본 메두사는 경악했다.

"블링크? 마검사였어?"

성준은 대답대신 마력을 끌어 올렸다.

메두사 역시 마법을 캐스팅했다.

"질풍검."

"파이어월!"

성준은 질풍검을 사용해 거리를 좁혔다.

메두사는 화염 장벽을 일으켜서 성준의 접근을 저지하려고 시도했다.

'파마검을 쓴다!'

질풍검으로 전진하는 동시에 파마검을 사용하는 고난이도 기술!

이것은 13기사회의 최고 기사였던 검술의 천재 로우켈의 환생인 성준만이 가능한 기술이었다. 그는 뜨거운 불길을 뚫고 메두사의 앞에 모습을 드러냈다.

상쇄되지 않은 이십여 개의 검풍이 메두사를 노렸다.

"제기랄!"

메두사는 오러 실드로 검풍을 막아냈지만 욕설을 내뱉을 수밖에 없었다. 이것으로 인해 성준과 그토록 피하고 싶었던 근접전 간격이 만들어지고 말았다.

성준은 곧바로 자신의 최고 일격 필살 기술인 환영검을 사용하기 위해 마력을 끌어 올렸다.

그 짧은 동작을 통해 심상치 않은 마력이 모이는 것을 확인한 메두사는 머리의 뱀을 움직여 강력한 독을 분사했다.

"환영…… 큭!"

그 동작이 매우 빨라서 성준이 미처 회피하지 못했다. 왼손을 들어 올려 두 눈을 막는 게 고작이었다. 다행히 강력한 산성독은 아니었지만, 순간적으로 시야가 차단되었다.

시야가 차단되면서 생긴 짧은 틈을 메두사는 놓치지 않았다. 이제 공격과 회피 중 하나를 선택할 시간이 찾아왔다. 그리고 그녀는 공격을 선택했다.

두 눈에 마력이 모이고 붉은 광선이 성준의 다리를 노리고 쏘아졌다. 일단 맞추기만 하면 석화가 진행되기 때문에 어디든지 상관없었다.

"크윽!"

성준은 다리를 향해 날아오는 광선의 존재를 느꼈지만 회피하지 못했다. 그러기엔 너무 늦게 발견했다.

결국 다리에 석화 저주가 담긴 광선을 한 방 맞고 말았다. 아찔한 통증에 신음이 새어 나왔고 다리는 빠른 속도로 석화가 진행되었다.

-주군! 힐을 사용하십시오!

리슈발트가 다급하게 외쳤다.

그제야 성준은 힐이 저주에도 효과적이라는 것을 기억해 낼 수 있었다. 성준의 힐은 동조율이 올라갈수록 강화되어 왔고 SS급 이른 지금 수준이라면 메두사의 석화 저주를 완전히 해제할 수도 있을 것이다.

"힐!"

성준은 힐을 사용했다. 왼손에서 시작된 찬란한 백색의 빛이 석화된 다리를 비추자 돌조각이 진흙처럼 녹아내리고 멀쩡한 다리가 모습을 드러냈다.

"하앗!"

그는 빠르게 거리를 좁혀오는 메두사의 다리를 발등으로 전력을 다해 걷어찼다.

"크윽!"

"아흑!"

메두사의 몸은 돌처럼 단단했고 성준의 다리는 부러지고 말았다. 하지만 그녀도 적지 않게 충격을 받은 것인지 비틀거렸고 성준은 그틈에 '힐'을 사용하여 골절상을 치료했다.

그야말로 순식간에 회복되었다. S급 헌터만 되어도 절단된 팔을 새로 돋아나게 한다는 기적을 일으킨다. SS급 헌터의 힐로 골절상을 치유하는 것은 순식간일 수밖에 없었다.

"인간 놈이!"

메두사는 분노한 외침과 함께 오러 실드가 깃든 방패를 들어 올렸다. 그러자 오러 실드에서 날카로운 오러 조각이 성준을 향해 쏟아졌다.

성준은 현란하게 검을 휘둘러 오러 조각을 모조리 막아냈다. 회심의 공격이 막히자 메두사의 얼굴에 절망이 깃들었다.

'오러 변형까지 사용할 줄이야…… 역시 SS급 마물이야……'

성준은 차분한 표정이었지만 당황한 것은 마찬가지였다. 오러의 기술이 극의에 이른 이들만 사용 가능하다는 오러 변형까지 구사할 것이라고는 예상하지 못했었다.

"오러 변형까지 막아? 도대체 정체가 뭐야!"

메두사는 짜증을 냈다. 당하는 상황은 그녀에게 익숙하지 않았다. 오러 변형을 통한 기습은 분명히 통할 것이라고 생각했었기 때문에 충격이 컸다.

"그런 건 몰라도 돼."

성준은 차갑게 대답하며 '섬광 베기'를 사용했다. 오러가 깃든 검이 푸른 궤적을 그렸다.

그러나 메두사는 쉽게 당하지 않았다. 그녀는 빠르게 뒤로 물러나 성준의 베기를 피했다.

"환영검."

'섬광 베기'는 일격 필살의 기술을 숨기기 위한 속임수에 불과했다. 마력을 담아 기술을 시용하지 31개의 환영검이 메두사를 노렸다.

"이, 이건……!"

"얌전히 죽어."

성준은 그렇게 말했지만, 메두사가 생명을 쉽게 포기할 리는 없었다. 그녀는 오러 실드를 변형시켜서 확대시켰다.

하지만 큰 효과는 없었다. 31개의 환영검이 연속으로 두드리자 오러 실드는 힘없이 박살 났다.

하지만 환영검의 소모도 심했다. 오러 실드를 뚫고 메두사의 급소를 노리는 환영검은 4개에 불과했고 메두사는 모두 방어해냈다.

'쉽지는 않네. 조금이라도 방심하면 안 되겠어.'

최하위 티어라고는 하지만 SS급 마물이다. 결코 쉬운 상대일 리가 없었다.

'거리를 벌려야 해!'

메두사는 근접전에서 자신이 불리하다는 것을 알고 있었

다. 그래서 거리를 벌리려고 했지만 성준이 용납하지 않았다.

성준은 단검 투척과 오러 참격 외에는 원거리 공격 수단이 없었기 때문에 석화 광선을 메두사와의 원거리 전투는 부담스러웠다.

-주군! 메두사가 거리를 벌리려고 합니다!

리슈발트는 메두사가 수상한 행동을 할 때마다 보고했다. 성준은 빠르게 거리를 좁히며 검을 휘둘렀다. 메두사에게 환영검을 방어할 수 있는 수단이 있는 것을 확인했기 때문에 그것을 여러 번 사용할 수도 없었다.

"제기랄!"

메두사가 다시 한번 욕설을 내뱉었다. 거리를 벌리기 위해서 그렇게 노력했지만 결국 성준의 견제 때문에 그렇게 하지 못하고 또다시 치열한 근접전이 벌어지고 말았다.

"크윽!"

"흐윽!"

두 개의 검이 서로를 지나쳤다.

성준이 찌른 검은 메두사의 오른쪽 어깨를 스쳤다. 메두사의 검은 성준의 목을 반쯤 베었다.

생명이 위태로울 수도 있는 치명상이었지만 성준은 SS급 회복계 헌터였다.

"블링크! 힐!"

그는 블링크로 거리를 벌린 뒤, 힐을 사용해 순식간에 목의 치명상을 치유했다. 메두사가 석화 저주가 담긴 광선을 쏘는 것으로 견제를 시도했지만 통하지 않았다.

언뜻 보기에는 비슷해 보였지만 사실은 시간이 지날수록 성준이 그녀를 압도하고 있었다.

"블링크!"

성준은 다시 블링크를 사용했다.

환영검을 포함해서 마력 소모가 많은 고급 기술을 계속해서 사용하면서 어느새 마력이 바닥을 보이고 있었다. 체력도 한계에 다다랐다. 던전 공략을 진행하면서 소모된 체력과 마력을 '흡수'로 회복하지 않았다면 이미 모든 마력을 소모했을 것이다.

이제 결판을 내야 할 시간이었다.

"하앗!"

거리를 좁히기 무섭게 검을 휘둘렀다.

'찾았다!'

둘은 치열하게 공방을 주고받았고 성준은 마침내 메두사의 빈틈을 찾아내고 쾌재를 불렀다. 그는 깊게 파고들어 주먹으로 메두사의 방패를 좌측으로 쳐냈다. 그녀는 미처 반응하지 못했다.

"환영검!"

31개의 환영검이 메두사를 노렸다. 조금 전과 다른 점이 있다면 오러 실드가 깃든 방패가 그녀의 몸을 보호하고 있는 상태가 아니라는 것이었다.

방패를 회수하기 전에 첫 번째 환영검이 몸에 닿을 게 분명했다.

"꺄아아아아악!"

메두사가 고통에 찬 비명을 내질렀다. 31개의 환영검이 그녀를 난자하기 시작했다. 아니, 토막 냈다.

메두사는 SS급 마물이었지만 전신을 31번의 치명적인 일격을 버티지 못하고 숨통이 끊어졌다.

"흡수."

그녀의 시체에서 마력을 흡수했다. 동조율은 오르지 않았지만 계측기가 반응했다.

-공략 확인, 계측 완료. S급 던전을 클리어하셨습니다.
-새로운 아이템의 존재를 확인.

메두사의 시체가 사라지고 은박이 씌워진 작은 상자가 남았다. 계측기는 그것을 아이템으로 인식했고 성준은 손바닥 크기의 작은 상자를 열었다. 안에는 콘택트렌즈 2개가 들어 있었다. 그는 계측기의 아이템 감정 기능을 사용했다.

[메두사의 눈]

S급.

석화 저주 사용 가능.

무려 S급 아이템이었다. 특별한 옵션은 없었지만, 석화 저주를 사용할 수 있다는 게 컸다.

-눈에 착용하는 것 같습니다.

리슈발트가 말했다.

성준은 고개를 끄덕인 뒤, '메두사의 눈'을 착용했다. 눈에 마력을 끌어 올리자 붉은 광선이 발사되었고 그것이 닿은 곳은 돌로 변했다.

"괜찮네."

성준은 만족스러운 표정으로 던전에서 나왔다.

주차되어 있는 차로 향하는 그의 뒤를 조용히 감시하는 그림자가 있었다.

그는 헌터 세단에 탑승하는 성준을 보며 두 눈을 반짝였다. 작은 수정을 꺼내 그것을 입가로 가져갔다.

"기사 여단의 서열 399위 레비크입니다. 로우켈의 제자로 보이는 이계인을 찾았습니다."

자정이 지난 늦은 시간에 음모가 시작되었다.

8장
이계의 습격자(1)

레비크는 몰래 은신을 사용한 채 성준이 타고 있는 헌터 세단의 후방으로 이동했다.

그는 지금까지 성준의 앞을 막아왔던 여단의 기사들과 달리 정장 차림에 선글라스를 끼고 있었다. 충분히 수상해 보일 수 있는 차림이었지만 익숙하지 않은 이계에 녹아들기 위해 많이 노력한 것 같았다.

-주군, 미행이 있습니다.

"알아, 그래서 출발 안 하고 있는 거야. 근처에 싸우기 괜찮은 곳이 어디 있을까 하고 생각하는 중이야."

미행이 붙었는데 집으로 돌아간다는 어리석은 선택지는 고르지 않았다.

짧은 고민 끝에 성준은 목적지를 정하고 차를 출발시켰다.

"대상이 움직인다."

-미행하라. 증원을 보내겠다.

"바로 처리할 생각이십니까?"

-상부에서는 로우켈의 제자에 대한 확신을 얻고 싶은 모양이다. 빠를수록 좋겠지.

수정을 통해 누군가와 대화를 나눈 레비크는 성준의 차를 미행했다.

"계속 따라오고 있네."

성준은 차 뒤를 쫓고 있는 기척을 느낄 수 있었다. 수준 높은 은신술이었지만 성준의 예리한 감각을 속이는 것은 무리였다.

-시속 50㎞로 천천히 가고 있다고는 하지만 용케 은신을 유지하면서 따라오고 있군요.

"실력자인 건 확실해. 어디서 보낸 놈인지 궁금해지네."

그는 근처 공원에 차를 주차했다.

멀리서 차를 관찰하고 있던 레비크는 안에서 움직임이 없는 듯하자 조심스럽게 다가갔다.

"없어?"

그는 경악했다. 조금 전까지만 해도 누군가 운전을 했던 차 안에는 거짓말처럼 아무도 없었다.

'은신인가?'

레비크는 침착하게 검 자루로 손을 가져갔다. 그리고 두 눈을 바쁘게 움직여 주변을 살폈다. 하지만 기척은 전혀 느껴지지 않았고 그는 초조해졌다.

'이 내가 감지하지 못할 정도의 은신이라고? 도대체 어느 정도의 실력자인 거지?'

죽음이 보이는 것 같았다. 그리고 그 순간은 생각보다 빨리 찾아왔다.

"크아악!"

뭔가가 왼팔을 베었다. 붉은 피가 솟구쳤다. 공격을 가한 쪽과 당한 쪽의 은신이 거의 동시에 풀리면서 서로를 확인하게 되었다.

"어디 소속이냐!"

성준은 검을 회수하는 대신 단검을 뽑아서 레비크의 왼쪽 허벅지를 향해 휘둘렀다. 레비크는 급히 뒤로 물러나며 마력을 끌어 올렸다.

"무장!"

방출된 마력이 갑옷으로 형상화하여 레비크에게 착용 되었다. 동시에 오러 아머도 켜졌다.

-주군. 저건 기사 여단의 갑옷입니다.

"나도 알아. 그런데 주변에 레이드 상황이 발생한 것도 아닌데 여기 어떻게 온 거지?"

성준은 레비크를 경계하면서 작은 목소리로 말했다.

-제국에서 소수의 인원으로 차원을 넘게 하는 기술을 개발한 것일지도 모릅니다.

리슈발트는 심각한 표정으로 말했다.

성준은 고개를 끄덕이며 입을 열었다.

"하긴, 내규모 차원 관문을 열 정도면 소규모도 어떻게든 열 수 있었겠지."

성준은 납득할 수 있었다. 이미 제국과 종족 연합은 차원을 넘을 수 있는 기술을 보유하고 있었다. 그것은 확실했다. 문제는 그들의 기술적 한계가 어느 정도인지 모른다는 사실이었다.

"기사 여단 소속이지?"

"……"

성준은 검을 겨누며 넌지시 물었지만, 대답은 없었다.

"서열 몇 위야?"

"……399위다."

서열을 묻자 레비크는 그제야 대답했다.

-399위면 주군께서 30초 안에 처치할 수 있을 겁니다.

"내가 그렇게 강했나?"

-지금의 주군은 동조율이 50%입니다. 저를 믿으시지요.

리슈발트의 말에 성준은 입꼬리를 끌어 올렸다. 그리고 기사 여단 서열 399위의 레비크를 향해 돌진했다.

"제기랄!"

그는 욕설을 내뱉었다. 왼팔은 잘렸고 출혈은 계속되고 있었다. 시야가 흐릿해지는 상황에서 대응하기에는 성준의 속도가 너무나 빨랐다.

"으아아아악!"

섬광이 빛나고 날카로운 비명이 터져 나오면서 붉은 피가 흩뿌려졌다. 오른팔마저 잘렸다.

성준은 그의 다리를 걸어차서 넘어뜨렸다.

"크윽!"

레비크는 두 팔이 잘려 나간 탓에 버티지 못하고 꼴사납게 바닥에 뒹굴었다.

성준은 그의 목 바로 옆에 단검을 꽂으며 입을 열었다.

"출혈이 멎은 게 느껴질 거다. 방금 '힐'을 사용했거든."

성준의 말에 레비크는 눈동자를 굴려 잘린 팔을 살폈다. 진짜로 출혈이 멎어 있었다.

성준은 SS급 헌터였기 때문에 잘린 팔도 다시 자라나게 할 수 있을 정도의 힐량을 가지고 있었지만 레비크를 살려줄 생각은 없었기 때문에 교묘하게 힐량을 조절해서 출혈만 멎게 만들었다.

"나는 '힐'을 쓸 수 있어. 이게 무슨 의미인지 알고 있어?"

"모, 모른다."

레비크가 고개를 젓자 성준은 싸늘한 미소를 머금은 채 입을 열었다.

"너를 고문할 수 있는 시간이 늘어난다는 말이야."

검은 눈동자 너머로 차가운 살기가 고요하게 요동치는 것을 레비크는 볼 수 있었다. 차가운 냉기가 전신을 침식하는 듯한 기분이 들었지만, 그는 결의를 다졌다.

"나는 아무것도 모른다."

고통스럽더라도 동료들의 정보를 넘길 수는 없었다. 그는 훈련받은 대로 행동하기로 했다.

"그럼 시작한다."

성준은 레비크의 입을 틀어막고 고문했다. 틈틈이 입을 막고 있는 헝겊을 빼내서 정보를 말할 기회를 줬지만, 그는 협조하지 않았다.

10분 동안 고문이 계속되었다.

"마지막 기회다. 제국의 차원 도약 기술은 어느 정도지?"

"그, 그런 건 정말 모른다. 나는 관계자가 아니야……."

전신을 유린하는 끔찍한 고통을 견뎌내기 힘들었다. 레비크는 애원하듯 말했다.

-차원 기술은 관계자가 아니면 모를 확률이 높습니다.

옆에서 리슈발트가 말했다.

성준도 동의했다. 그는 질문을 바꾸기로 했다.

"몇 명이나 넘어왔지?"

"나를 포함해서 다섯 명……. 소규모 차원 관문 기술은 불안정해서 소수 인원만 이용 가능하다고 들은 것 같다……."

"그래. 고마워."

필요한 정보는 모두 얻었고 강한 마력을 지닌 기척 넷이 빠르게 가까워지고 있었다. 성준은 망설임 없이 단검으로 레비크의 목을 그었다. 피가 분수처럼 솟구쳤다.

성준은 레비크의 시체를 내려다보며 냉정한 표정으로 입을 열었다.

"흡수."

체력과 마력이 회복되었다. 전투가 짧았기 때문에 소모된 체력과 마력을 모두 채울 수 있었다.

강한 적이 넷이나 다가오고 있었고 S급 던전을 솔플 공략한 직후였지만 컨디션은 나쁘지 않았다.

어둠 속에서 4명의 남자가 모습을 드러냈다. 그들은 이미 완전 무장을 끝낸 뒤였다.

"기사 여단 서열 355위의 아투스라고 한다. 묻겠다, 이계인. 너는 로우켈과 무슨 사이지?"

서양인의 외모를 하고 있었지만 구사하는 언어는 이계어나 영어가 아닌 한국어였다.

"내가 대답할 이유는 없다고 보는데……."

성준은 퉁명스럽게 대답했다.

"이계인이라는 단어에도 크게 반응하지 않는군. 로우켈에게 뭔가 들은 게 있군?"

아투스는 대검을 들어 올리며 오러를 켰다. 그것은 전투의 시작을 알리는 신호가 되었다. 다른 3명의 기사도 검을 들어 올렸다.

-386, 390, 400입니다. 마력량으로 볼 때 A급 최상위 티어 정도의 실력자들입니다.

리슈발트가 한 명씩 지목하며 말했다.

성준이 전투를 준비하는 동안 그는 기사들의 목걸이나 반지에 각인된 서열을 상징하는 숫자를 확인하고 온 것이었다.

"생각보다 약한 놈들이었네."

은신술이 뛰어나서 긴장했었지만, 적들은 생각보다 별거 아니었다.

지구의 헌터들과 다른 점이 있다면 이들은 지독한 실전을 겪었고 살인 기술을 전문적으로 연마했다는 것이었다. A급 최상위라고는 하지만 실제로는 그것보다 조금 더 강할 게 분명했다.

"석화!"

성준이 먼저 공격했다. 눈에 마력을 끌어 올리며 외치자 석화 저주가 담긴 붉은 광선이 서열 400위의 기사를 노렸다.

"크악!"

메두사와의 전투에서 성준이 막 피하고 다녔다고 해서 석화 광선의 속도가 느린 것은 아니었다. 실상은 S급 전투계 헌터도 반응하기 힘들 정도의 속도였다.

그런 광선을 여단 소속이라고는 하지만 서열 400위의 기사가 피할 수 있을 리가 없었다. 가슴에 광선을 직격당한 그는 힘없이 쓰러졌다. 끔찍한 고통과 함께 가슴에서부터 석화가 진행되었다.

'생각보다 마력 소모가 크네.'

성준이 생각했다.

"석화 저주다! 다들 조심해!"

아투스가 외쳤다.

"대응하기 힘든 속도입니다!"

"그렇다면 공세를 펼친다!"

아투스는 남은 2명의 기사와 함께 성준을 향해 달려들었다. 고속 이동술을 펼치며 무서운 속도로 거리를 좁히는 그들을 보며 성준은 '로엘'에 마력을 주입했다.

"드래곤 피어."

크롸롸롸롸!

로엘에 잠들어 있던 마룡의 영혼이 깨어나 울부짖었다. 제한적이지만 S급 헌터마저 일시적으로 경직되게 만드는 드래곤 피어였다. A급 최상위 정도의 마력을 보유한 기사 셋이 버텨낼

리가 없었다.

"허억!"

"크아아악!"

"크윽!"

기사 셋은 충격을 받고 비틀거렸다. 살인 기술을 연마하고 실전 경험이 풍부하다고는 하지만 그것으로 인해 전투력은 상승해도 절대적인 마력 보유량이 변하는 것은 아니었다.

"섬광 베기."

성준은 서열 390위와 거리를 순식간에 좁혔다. 섬광 베기를 사용해서 그의 목을 깊이 베었다. 두꺼운 철갑과 오러 아머가 목을 보호하고 있었지만 성준의 오러는 그것을 모두 베어버릴 정도로 강력했다.

"커, 커흑!"

"슬래시!"

어느새 경직에서 해방된 아투스가 오러 참격을 날려 보냈지만 이미 서열 390위의 숨통은 끊어진 뒤였다.

성준은 몸을 숙여 오러 참격을 피하면서 고속 이동술로 아투스와의 거리를 좁혔다. 서열 390위가 앞을 막아섰지만 성준은 일격에 베어버렸다.

"크악!"

"이, 일격에?"

성준의 검을 한 번도 받아내지 못하고 힘없이 쓰러지는 서열 386위를 보며 아투스는 크게 당황했다.

"로우켈의 제자가 이 정도일 줄이야!"

그는 성준이 내찌른 검을 대검의 옆면으로 막아냈다.

"크흑!"

하지만 완력의 차이 때문에 뒤로 크게 밀려나고 말았고 성준은 그틈을 놓치지 않고 마력을 끌어 올리며 입을 열었다.

"질풍검."

검풍과 함께 돌진했다. 아투스는 오러 아머에 집중했다. 오러 아머는 검풍을 막아냈지만 성준의 찌르기는 예외였다.

"크흑!"

성준의 검이 아투스의 복부를 관통했다. 집중력이 흐트러지면서 오러 아머가 흩어져 사라졌다. 성준은 단검을 뽑아서 아투스의 양팔 힘줄을 끊어버렸다.

대검에 실린 오러마저 사라졌다. 아투스는 그만 대검을 놓고 말았다. 압도적인 강함 앞에서 전의를 상실한 것이었다.

"아투스라고 했었나? 내가 재밌는 거 가르쳐 줄까?"

성준의 말에 아투스는 힘겹게 고개를 들었다.

아투스의 힘이 풀린 눈동자를 보며 성준은 차가운 표정으로 입을 열었다.

"내가 로우켈이다."

그는 말을 끝내기 무섭게 단검을 휘둘러 아투스의 목을 그었다. 붉은 피분수가 뿜어져 나왔고 성준은 뒤로 물러나 그들의 시체에서 체력과 마력을 흡수했다.

-새로운 아이템의 존재를 확인.

계측기가 반응했다.

-즐거운 파밍의 시간이군요.

리슈발트의 말에 성준은 입꼬리를 끌어 올렸다.

-아이템의 존재를 인식했습니다. 기사 여단의 목걸이 2개와 반지 5개를 확인했습니다. 이계의 기운도 걷어냈습니다.

성준이 시체들에서 마력을 흡수하자 리슈발트가 시체들에서 아이템의 수를 확인했다. 그의 도움 덕분에 성준은 목걸이 2개와 반지 5개를 신속하게 확보할 수 있었다.

-시체들은 어떻게 처리할 생각이십니까?

각성 던전의 경우와 달리 이곳은 이계가 아니라 지구였고 시체도 마물의 것이 아닌 인간의 것이었기 때문에 소멸하지 않았다. 이대로 공원에 다섯 구의 시체를 남겨두고 떠난다면 SS급 헌터라고는 하지만 나중에 귀찮아질 우려가 있었다.

"이런 일에 대해 잘 아는 친구가 있어."

성준은 말을 마치며 어딘가로 전화를 걸었다.

-강성준 씨? 오랜만에 전화를 걸어주셨네요.

전화를 받은 사람은 정철이었다. 새벽이었지만 깨어 있었던 것인지 목소리에서는 활기가 넘쳤다.

"박정철 씨가 처리해 줘야 할 일이 생긴 것 같습니다."

-제가 할 수 있는 일이라면 처리해 드리겠습니다.

정철이 대답했다. 성준은 제국과 차원 이동과 관련된 것을 제외하고 상황을 간단하게 설명했다.

-미지의 습격자들이라…… 알겠습니다. 일단은 사람을 보내겠습니다.

정철은 아무것도 묻지 않았다. 이런 일을 처리할 때는 호기심이 너무 많아도 곤란하다는 것을 그는 잘 알고 있었다.

10분도 지나지 않아서 검은 승합차 2대가 도착했다. 그리고 그곳에서 정철과 건장한 성인 남성 6명이 내려서 시체를 치우고 전투 흔적을 청소하기 시작했다. 그들은 검은 옷을 입고 있었으며 모자와 마스크로 얼굴을 가리고 있었다.

"다친 곳은 없으십니까?"

"제가 그럴 사람으로 보입니까?"

정철의 물음에 성준은 장난스럽게 되물었다. 정철은 대답 대신 미소를 머금었다.

"그나저나 신기하네요. 마법계 헌터를 '청소'에 사용할 줄이야……"

"뒤쪽 세계에서는 자주 이용하는 방법입니다. 헌터가 사용하는 마법만큼이나 만능에 가까운 건 없죠."

마법계 헌터의 능력은 다양하기 때문에 여러 곳에 사용될 수 있었다.

"시간도 늦었는데…… 이곳은 저희한테 맡기시고 푹 쉬시지요. 아침이 되면 결과를 보고하겠습니다."

정철의 말에 성준은 고개를 끄덕였다. S급 던전의 솔플 공략을 끝내기 무섭게 기습을 받아서 피로가 꽤 누적되어 있었다. 체력과 마력은 '흡수'로 해결했지만, 정신적인 피로가 적지 않게 쌓여 있었다.

"고마웠습니다."

"별거 아닙니다. 나중에 입금만 확실히 해주시면 됩니다."

"하하하. 알겠습니다."

정철의 대답에 성준은 미소를 지었다. 그는 주차되어 있는 자신의 헌터 세단을 향해 발걸음을 옮겼다.

-미행은 없습니다.

리슈발트가 주변을 정찰한 결과를 보고했다.

성준의 기척 감지에도 특별한 움직임이 감지되지 않았다.

"이제 집으로 가도 되겠다."

성준은 오피스텔로 차를 몰았다. 새벽이라서 도로에는 차가 별로 없었고 금방 도착할 수 있었다.

주차를 끝내고 집으로 돌아온 그는 이번 전투에서 획득한 2개의 목걸이와 5개의 반지를 꺼내놓았다. 이유는 알 수 없었지만 기사 여단의 목걸이나 반지를 제외한 다른 아이템은 장비하고 있지 않았다.

"이계의 기운은?"

성준은 합성을 하기 전에 확인을 위해 리슈발트를 보며 물었다.

-아이템의 존재를 확인했을 때 바로 이계의 기운을 걷어냈습니다.

"좋아. 합성을 부탁해."

성준은 자신이 장비하고 있던 기사 여단의 목걸이와 반지를 꺼내놓았다. 리슈발트가 마력을 끌어 올리자 탁자 위에 올려놓은 목걸이와 반지들이 반짝이며 공명했다.

마침내 합성이 끝나자 탁자 위에는 '355'라는 숫자가 각인된 목걸이와 반지가 하나씩 남게 되었다. 성준은 계측기를 꺼내 아이템 감정 기능을 사용했다.

[기사 여단의 반지+8]

B+급.

오러 지속 효과 확인.

[기사 여단의 목걸이+3]

A급.

마력 회복 효과 확인.

'아이템 등급이 올랐네.'

목걸이는 A급으로 등급의 변화가 없었지만, 반지는 +8강이 되면서 B+급이 되었다. 옵션으로 붙어 있는 오러 지속 효과도 많이 늘어났을 것이다.

기사 여단의 목걸이도 +3이 되면서 마력 회복 효과가 상승한 것 같았다. 다시 착용하기 무섭게 소모되었던 마력이 빠르게 회복되고 있었다.

-마력 회복 속도가 많이 증가했습니다. 오러 지속을 한 번 켜보시겠습니까?

리슈발트가 말했다.

성준은 대답 대신 검을 뽑은 다음 오러를 켰다. 그의 검에서 춤추는 오러를 리슈발트는 자세히 살피더니 입을 열었다.

-오러 지속 시간도 많이 늘어난 것 같습니다. 이 정도면 장기전도 문제없겠군요. 주군! 축하드립니다!

성준은 오러를 끄고 다시 반지 형태로 변형시켰다. 예전에 로엘에 추가된 '변형' 옵션은 여러모로 편리했다.

"아이템 정산은 이 정도로 하고…… 진지한 이야기를 해볼까?"

그는 냉장고에서 차가운 음료를 꺼내왔다. 리슈발트는 성준의 앞으로 이동했다.

그리고 소파에 앉으며 말했다.

"기사 여단이 나를 공격해 왔다는 건, 내 위치가 노출되었다고 봐도 좋은 거겠지?"

-현재 기사 여단의 보고 체계를 알 수 없기 때문에 상황이 어디까지 전달되었는지는 알 수 없습니다. 하지만 오피스텔의 위치까지 발각되지는 않았을 것이라 생각됩니다.

리슈발트는 냉정하게 상황을 판단했다.

성준도 동의했기에 고개를 끄덕이며 경청했다.

-하지만 역시 안전한 게 좋기에 최신 경비 기능을 설치할 수 있는 저택으로 옮기시는 것을 권합니다.

오피스텔은 보안 및 경비에도 취약했고 죄 없는 다른 사람들이 말려들 가능성이 컸다. 성준은 로우켈의 기억 때문에 그런 것에 신경 쓰는 주의가 아니었지만 현대 사회에서는 어느 정도 신경 쓸 필요가 있었다.

"그래, 넓은 정원이 있는 저택으로 이사하는 것도 좋은 것 같네."

-이참에 길드를 만드는 건 어떻겠습니까? 합당한 보수를 지불하면 유신철과 박장훈이라면 당연히 따라올 겁니다. 최은주도 경우에 따라서는 합류할 가능성이 커 보입니다.

신철과 장훈은 성준을 긍정적으로 생각하고 있었다. 충분한 보수와 자유만 보장한다면 그의 뜻에 따라 움직일 것이다.

하지만 리슈발트의 의견과는 달리 성준은 은주에 대해서는 확신을 할 수 없었다.

-아버님의 안전도 생각하셔야 합니다. 병원에 경호가 확충되어 있다고는 하지만 기사 여단의 주력이 공격하면 위험합니다. 차라리 안전 가옥을 만든 뒤, 그곳에서 경호와 치료를 받게 하는 게 좋습니다.

리슈발트의 말도 일리가 있었다.

-주군의 위치가 노출되어도 걱정이 없을 정도로 견고한 방어를 갖춘 요새가 필요합니다.

"서울은 집값이 비싸서 말이야."

-주군에게 집값은 문제가 되지 않는 걸로 압니다.

"그건 그래."

성준은 미소를 지으며 대답했다.

기습을 받는 탓에 매각하지 못했던 마정석만 던전 관리국에 가져가도 수백억을 확보할 수 있다. 그렇게 되면 현금만 1,500억을 확보하게 되는 것이다.

"그건 그렇고 이번에 공략했던 던전이 S급 중간 티어더라고……. 아무래도 S급 던전은 솔플보다는 소수라도 좋으니까 임시 공략팀이라도 편성해서 공략하는 게 효율이 좋을 것 같아."

-저도 그렇게 생각합니다.

리슈발트도 고개를 끄덕였다.

"일단은 자고 아침이 되면 던전 관리국부터 가자."

성준은 샤워를 끝내고 침실로 들어가 잠을 청했다.

그리고 아침이 되기 무섭게 마정석을 정산하기 위해 던전 관리국으로 이동했다. 던전 관리국에서는 오직 성준만을 담당하는 전속 직원 한소운이 연락을 받고 대기하고 있었다.

"마정석 매각입니다."

"준비는 다 끝났답니다. 바로 정산해 드릴게요."

소은이 미소를 지으며 대답했다. 직원들이 마정석을 모두 옮기자 그녀는 절차를 밟았다. 성준의 연락을 받고 미리 준비해둔 상태였기 때문에 시간이 오래 걸리지는 않았다.

"정산금은 400억인데 추가 정산 30%가 붙어서 최종적으로 받게 될 금액은 520억이에요. 계좌에 바로 보내 드릴까요?"

"그렇게 해주세요."

소은은 곧바로 처리해 주었다. 성준이 SS급 헌터라서 그런지 일부 불필요한 절차를 거치지 않았다. 얼마 지나지 않아서 성준은 계좌에 정산금이 입금된 것을 확인했다.

"수고하셨습니다."

"네, 조심히 들어가세요."

성준은 소은과 인사를 나눈 뒤, 던전 관리국 건물에서 나와 주차장으로 향했다. 운전석에 탑승하여 시동을 걸자 벨 소리가 울렸다. 정철이었다.

"네, 강성준입니다."

-다 처리했습니다. 근처 CCTV도 해킹했고 현장도 청소했습니다. 시체는 말할 것도 없고요.

정철이 말했다. 그는 일 처리가 빠른 편이었고 믿을 만했다. 성준은 만족스러운 표정으로 입을 열었다.

"훌륭합니다. 바로 입금하겠습니다."

-감사합니다. 언제든지 필요하실 때 찾아주십시오.

"아! 그리고 한 가지만 더 부탁드려도 되겠습니까?"

-말씀해 주세요.

"저택 하나를 구입할 생각입니다. 적이 공격했을 때를 가정해서 방어하기 가장 좋은 위치에 건설된 저택이었으면 좋겠네요. 가능하면 서울시 안에 있으면 합니다."

성준이 말했다. 기사 여단의 공격에 대비해 요새를 구축하려는 계획이었다.

-그 정도면 서비스로 해드리겠습니다. 오래 걸리지는 않을 겁니다.

정철은 자신감 넘치는 목소리로 말했다.

대한민국의 S급 헌터 중에서는 레이드 상황을 대비해서 요새 같은 저택에서 사는 이들이 몇 명 있었다. 덕분에 정철은 성준이 말하는 조건에 맞는 저택을 몇 곳 알고 있었다.

-다시 연락드리겠습니다.

다음 날 성준이 오피스텔에서 쉬고 있을 때였다. 벨 소리가
울렸다.

-박정철이군요.

"생각보다 빠르네."

성준은 전화를 받았다.

-괜찮은 저택을 찾았습니다. 개조를 하려면 비용이 더 들어
가겠지만 우선 매매가는 100억 정도입니다.

"일단 집을 봐야겠습니다."

-마침 요즘 경매장 일이 한가하니…… 제가 직접 안내하겠
습니다.

정철이 말했다. 그는 직접 수고하는 편이 성준과 친밀한 관
계를 유지하는 데 도움이 될 것이라고 판단했다.

-내일 시간 괜찮으십니까?

"네. 오후 1시 정도가 좋을 것 같네요."

-알겠습니다. 시간을 맞추겠습니다.

"그럼 내일 뵙죠."

-제가 모시러 가겠습니다.

시간은 흘러 다음날 오후 1시가 되었다.

정철은 고급 세단을 몰고 와서 성준을 태워갔다. 정철이 말한 저택은 멀지 않았다.

"여깁니다. 근처에 높은 건물도 없고 지형적으로도 방어에 용이합니다. 그리고 무엇보다 무장경찰국 초소가 10분 거리에 있습니다. 문제가 발생하면 바로 지원을 받을 수 있지요."

정철이 소개했다. 성준이 보기에도 건물 구조가 방어에 유리해 보였다.

-방어 시설만 충분히 갖춘다면 요새가 될 수도 있을 것 같습니다.

리슈발트도 같은 의견이었다. 성준은 만족스러운 표정으로 고개를 끄덕이며 입을 열었다.

"사겠습니다. 100억이죠?"

그는 너무나 쉽게 100억짜리 저택의 매매를 결정했다. SS급 헌터가 된 그에게 이제 100억은 큰돈이 아니었다.

To Be Continued

나는 될 놈이다

글쓰는기계 게임 판타지 장편소설
WISHBOOKS GAME FANTASY STORY

판타지 온라인의 투기장.
대장장이로 PVP 랭킹을 휩쓴 남자가 있다?

"아니, 어디서 이런 미친놈이 나타나서……."

랭킹 20위, 일대일 싸움 특화형 도적, 패배!

"항복!"

'바퀴벌레'라고 불릴 정도로
끈질긴 생명력을 가진 성기사조차 패배!

"판타지 온라인 2, 다음 달에 나온다고 했지?"

평범함을 거부하는 남자, 김태현!
그가 써내려가는 신개념 게임 정복기!

우진 현대 판타지 장편소설
WISHBOOKS MODERN FANTASY STORY

다시 태어난 베토벤

1827년 한 남자의 죽음으로 고전 시대가 저물었다.

그러나
그가 지핀 낭만의 불씨가 타오르니
비로소 새로운 시대가 열렸다.

긴 시간이 흘러 찬란했던 불꽃도 저물어 갈 즈음.
스스로 지핀 불씨를 지키기 위해
불멸의 천재가 다시 태어났다.

〈다시 태어난 베토벤〉

마치 운명이 문을 두드리듯
힘차게 손을 뻗어 외친다.
"아우아!"